메이드 인 코리아

일러두기

• 이 책에 달린 주석은 모두 옮긴이의 것이다.
• 불어 원서에 이탤릭체로 쓰인 한국어 고유 명사는 작가의 의도를 감안해 서체를 달리해 사용했다.

로르 미현 크로제 소설

메이드 인 코리아

김모 옮김

이숲에올빼미

1
세계

진단이 내려졌다. 그는 생활 방식을 완전히 바꿔야 했다. 사실 정해진 방식이라 부를 것도 없이 살아왔지만. 주로 인터넷 서핑을 하고 빈둥거리며 '소울 푸드'를 양껏 즐기는 게 전부였다. 책상에 앉아 있거나 소파에 누워 하루 대부분을 보내고, 기름지고 달콤한 음식의 왕국에 몸을 담갔다. 간단히 말해 그의 세계는 스크린과 냉장고로 요약됐다.

다행히도 그는 일찍부터 비디오 게임 기획자로 일했다. 먹을거리를 사고 6개월마다 추리닝을 새로 장만할 돈은 충분했다. 결정력을 장점으로 내세우기는 어려웠다. 그래서 되도록 많은 일을 계획대로 해냈다. 부모님과 몇 안 되는 어린 시절 친구들에게 전화하는 것도 마찬가지였다. 일요일마다 전화해서 상대를 안심시키고, 드넓은 세상에 자신이 존재한다는 사실을 스스로 확인했다.

사촌의 선물로 모든 일이 시작됐다. 자신을 잘 돌보기 바라는 마음에서. 또 그 지긋지긋한 '케어' 타령이라니! 그는 가장 멀쩡해 보이는 청바지와 스웨터를 걸치고, 같은 건물에 있는 개인병원을 찾아갔다. 필요한 물건을 모두 배달로 받아왔기에 그때까지 의사와 마주칠 일은 없었다. 두 개 층 아래 있는 진료실은 그의 아파트와 구조가 같아 신기했다. 실내장식이 고급스러워서 전혀 다른 공간 같았다. 그래도 간호사에게 화장실 위치를 물어볼 필요는 없었다.

의사는 뜻밖에도 여자였다. '알릭스'라는 중성적인 이름 때문에 미처 예상하지 못했다. 키와 몸무게를 재고 가까이 다가와 혈압을 재자 약간 높게 나왔다. 이어 의사는 코와 귀, 목구멍을 살피고 폐와 심장 소리를 들었다. 림프샘과 복부를 촉진할 때는 간지러웠지만, 적절한 때가 아닌 것 같아 웃음을 참았다. 반사 신경도 확인했다. 의사의 표정으로 보아 검진 결과는 괜찮은 듯했다. 몇 가지 기본적인 질문을 하고 예방접종 기록을 확인하고 나서 공복으로 혈액을 검사하라는 처방을 받았다.

그는 휘파람을 불며 검사실로 향했다. 검사 결과 확인은 언제나 재미있었다. 게임처럼 말이다. 채혈실 문을 열자 갑자기 비현실적인 감각이 밀려왔다. 마치 목숨이 여러 개인 것 같은 기분이 들었다. 목숨에 그다지 미련은 없었지만.

며칠 후, 다소 들뜬 기분으로 다시 의사를 찾았다. 의사는 어머니, 사촌과 함께 그가 드물게 마주하는 현실 세계 여성에 속했다. 이번에는 의사 표정이 좋지 않았다. 콜레스테롤, 특히 나쁜 콜레스테롤 수치가 너무 높고, 당화혈색소도 정상보다 높다고 했다. 그가 이해한 바로는 당화혈색소란 지난 석 달간의 평균 혈당 지표를 뜻했다. '혈색소'라는 말에 피식 웃음이 나왔다.

하지만 정말 당뇨인지 확인하려면 혈액을 다시 검사해야 한다는 말에 그는 곧 웃음을 잃었다. 속으로 돈 낭비라고 투덜거렸다. 건강에 조금만 관심 있는 사람이라면 누구나 그의 터질 듯한 배만 보고도 당뇨 증세를 짐작할 테니까. 갑자기 불안이 밀려들었다. 내장 지방 때문에 장기가, 특히 간이 몹시 취약해진다는 의사의 말이 귓가를 스쳐 지나갔다.

알릭스 리비에르 박사는 심각한 수준은 아니라고 했다. 하지만 수치가 더 올라가면 합병증을 피하고자 약을 먹어야 하고, 그 약에는 부작용도 따른다고 덧붙였다. 배운 사람은 꼭 이렇게 돌려 말해서 듣는 이를 더 섬뜩하게 하는 재주가 있었다!

그는 충격을 받고 집에 돌아와 인터넷을 뒤졌다. 지금 자신에게 무슨 일이 일어나고 있는지, 어떻게 하면 너무 이른 '게임 오버'를 피할 수 있을지 알고 싶었다. 진짜 문제는 이것이 빠르고 고통 없는 '스위치 오프'가 아니라는 점이었다. 시력을 잃거나, 손발을 절단하거나, 뇌졸중에 걸리거나, 치매에 걸릴 수도 있었다. 이 빌어먹을 당뇨병은 신경계, 심혈관계, 그리고 주요 장기를 모두 공격하는 공공의 적이었다!

넋이 나간 채 두 번째 혈액 검사를 받고 결과를 확인했다. 첫 번째와 같은 결과가 나왔다. 이대로 가만히 앉아 신체 기능이 차례로 모두 소멸할 때까지 기다릴 수는 없었다. 특별한 야망이 있는 건 아니었지만, 이렇게 일찍 건강이 나빠져 쇠약한 몸으로 살아가는 상황을 도저히 받아들일 수 없었다.

제2형 당뇨병을 기적적으로 완치했다는 책을 몇 권 훑어보고 그는 곧 현재 생활에서 여러 가지 요소를 바꿔야 한다는 결론에 도달했다. 해법은 간단했다. 그동안 일상의 즐거움으로 여기던 모든 것과 완전히 멀어지면 됐다. 하루 30분 운동하고 채소 위주로 식사하기. 다행히 술은 마시지 않았다. 애초에 같이 마실 사람도 없었으니까.

헬스장에 등록하고, 장을 봐서 직접 요리하는 자신의 모습을 상상하기 어려웠다. 거의 모든 식사를 배달로 해결했고, 그가 아는 음식 준비 방법은 전자레인지에 데우기뿐이었다.

그러다 갑자기 좋은 생각이 떠올랐다! 어차피 생활 방식을 완전히 바꿔야 한다면 좀 더 재미있게 할 수 있지 않을까? 좋아하는 한국 조폭 영화를 생각하다가 일석이조의 묘안을 찾았다. 건강하게 살면서 동시에 자신의 뿌리인 한국 문화 탐색하기!

넷플릭스 시리즈와 가끔 배달시켜 먹던 **불고기**와 **비빔밥**, 그리고 힙스터들이 끔찍한 냄새에도 불구하고 건강에 좋다며 숭배하는 발효 배추, **김치** 말고는 한국에 관해 아는 게 거의 없었다. 다만 고요한 아침의 나라 식단이 기름기가 적고 채소가 풍부해 건강에 좋다는 사실은 알고 있었다. 실제로 한국인은 세계적으로 매우 긴 기대 수명을 자랑하지 않는가.

한국에 있는 태권도 학원에 등록하면 됐다! 그리고 수도에 밤낮으로 열려 있는 수많은 식당을 방문하는 것도 괜찮을 것 같았다. 마침, 계약한 일을 막 끝내 상당한 금액의 수표를 손에 넣은 참이었다. 한 달간 태권도를 집중해서 배우며 새로운 생활 방식을 익히고, 두 달 후 당뇨병 전문의를 만나면 좋겠다 싶었다. 건강한 생활을 계속 이어갈 수 있을지는 돌아와서 확인해 봐도 늦지 않을 것이다.

서울행 **비즈니스석** 항공권 가격을 검색했다. 자랑스러울 만큼 거대한 엉덩이가 안착할 공간이 꼭 필요했다. 직행보다 거의 이천 유로나 저렴한 티켓을 발견하고 잠시 고민했다. (빌어먹을 우크라이나 전쟁!) 13시간 비행과 18시간 비행이 과연 크게 다를까? 영화 두 편만 더 보면 될 텐데! 곧바로 왕복 항공권을 결제했다.

웹사이트에서 한국 여행에 가장 좋은 계절은 봄이라는 정보를 찾았다. 너무 덥지 않기 때문이었다. 장마는 아직 멀었고 거리에는 꽃이 만발하는 시기였다. 가을에는 단풍이 붉게 물들어 숲이 화려하게 타오를 테지만, 당뇨병 진단을 받은 건 3월이었다. 자연이 한창 생명력을 발산하는 시기에 그의 몸은 반대로 시들어가고 있었다. 어쩔 수 없는 일이었다. 혹시 이걸 긍정적인 신호로 볼 수는 없을까? 새로운 시작의 징조로? 하지만 아쉽게도 그는 철학적 인간도, 신비주의적 인간도 아니었다.

태권도 입문 과정을 영어로 가르치는 학원을 찾았다. 셰익스피어의 언어 실력이 그다지 뛰어나지는 않았지만, 동작을 따라 하는 데는 문제 없을 것 같았다. 어쨌든 다섯 살 때부터

'스트리트 파이터 II'로 단련한 몸 아닌가.

의무 교육 이후 처음으로 수료증도 받을 수 있었다! 수업 장소는 서울의 유서 깊은 동네 근처였다. 그 동네에는 전통적인 숙박시설이 여럿 남아 있어 한국에서 흔한 온돌바닥에서 옛 스타일로 잘 수도 있었다. 가격도 저렴해 소박한 일상을 경험하기에 딱 좋았다. 곧바로 클럽 등록을 마쳤다. 드디어 가상이 아닌 현실 세계에서 중요한 결정을 내렸다!

며칠 후 한국에 간다고 부모님께 알렸다. 부모님은 복잡한 심경을 드러냈다. 아들이 드디어 집 밖으로 나간다는 사실은 반가웠지만, 아시아는 너무 멀게 느껴졌다. 일단 파리에서 태권도를 배우면서 계속할 수 있을지 판단하는 게 어떻겠느냐고 했다. 어머니는 망설이다 혹시 친부모를 찾으러 가는 거냐고 물었다. 그는 웃으며 대답했다. 부모가 두 사람이어도 이미 벅찬데, 네 사람이면 지옥일 거라고! 어머니에게 매주 전화하기로 약속했다. 다만 다음에는 왓츠앱으로 통화하기로 했다. 몇 달 전, 남동생 올리비에가 어머니의 휴대전화에 앱을 설치해 뒀으니 이번 기회에 써보면 될 것 같았다. 순간, 한국 문화에 제대로 스며들려면 카카오톡을 써야 하지 않을까 싶었지만, 이건 자기 여행이지 가족 여행은 아니라는 생각에 그만두었다.

전화를 끊고 나서 어머니의 잔소리를 듣지 않아 안심했다. 아마도 너무 갑작스러운 소식에 놀라 평소처럼 반응할 여유가 없었을 테고, 한국에 관해 아는 것도 없었을 것이다. 이번만큼은 어머니도 그가 겪을지도 모를 위험을 예상할 수 없었을 것이다.

그는 지하실로 내려가 여행 가방을 찾았다. 오래된 게임 콘솔 더미 아래에 있던 가방에 먼지가 수북했다. 15년 전 이 집으로 이사 온 이래 꺼낸 적이 없었으니 당연했다.

갑자기 어지럽고 식은땀이 났다. 의사가 말한 저혈당 증세가 분명했다. 평소에는 끊임없이 간식을 먹어서 이런 증상을 겪지 않았는데, 오늘은 한동안 찬장을 열어볼 생각도 못 했다. 설마 벌써 양심의 가책이 작동하기 시작한 걸까?

여행 준비는 번거롭지 않았다. 공과금 등 모든 정기 지출을 자동이체로 정해 둔 덕분이었다. 그가 매사에 게으른 건 아니었다! 다행히 고양이나 식물도 없어서 누군가에게 집을 봐달라고 부탁할 필요도 없었다. 광고 전단은 수취를 거부해 뒀고 요즘엔 우편물도 거의 오지 않으니 우편함이 넘칠까 봐 걱정할 이유도 없었다. 도둑이라면 항상 켜 있는 불빛을 보고 그가 집에 꼭 붙어사는 사람이란 걸 이미 알고 있을 터였다. 그래도 만일의 사태에 대비해 컴퓨터 데이터는 백업해 두기로 했다. 나머지는 없어지는 게 오히려 나았다!

한국 사회 관련 에세이와 태권도 책, 론리플래닛 서울편을 주문했다. 여행 중 서울을 벗어날 것 같지는 않았다. 개발자로 일하며 지출보다 수입이 많았기에 훨씬 더 호화로운 여행을 할 여유가 충분했지만, '론리lonely'라는 단어가 지금의 자신과 묘하게 어울리는 듯했다. 배낭여행자로 북적이는 곳에서는 덜 외로울 것 같았다. 고급 호텔에서는 훨씬 더 소외된 기분이 들곤 했다. 그건 지금 사는 도시에서도 마찬가지였다.

한국에서는 신발을 자주 벗어야 한다는 글을 읽고, 단정한 옷 몇 벌과 아디다스 운동화를 샀다. 낡은 컨버스로는 여행 내내 고생할 게 뻔했다. 처음에는 벨크로가 달린 운동화를 골랐지만, 복고풍 감성으로 일부러 멋 부린 걸 남들이 알아봐 줄 것 같지 않았다.

이틀 후에 떠날 일만 남았다. 곧 다른 삶을 살게 될 테니, 총각 파티처럼 마지막으로 좋아하는 음식을 마음껏 즐기기로 했다. 피자 한 판과 햄버거 두 개, 타코, 케밥을 주문했다. 초밥은 한국에서도 얼마든지 먹을 수 있어서 제외했다. 그리고 앞으로 펼쳐질 인생 후반전에 콜라로 축배를 들기로 했다. 어느 배달원이 가장 먼저 도착할지 궁금해하다가 곧 멍청한 생각이란 걸 깨달았다. 거리 모퉁이에 있는 터키 식당에서 햄버거와 케밥을 주문했으니, 유수프가 가장 먼저 올 게 당연했다. 팁을 넉넉히 주고 함께 자신의 건강에 건배하기로 했다!

배불리 먹고 침대에 누웠다. 만족했다. 하지만 좀처럼 잠이 오지 않았다. 마음속에 갖가지 감정이 질주했다. 평소처럼 과식했지만, 위장은 조금도 고마워하는 기색이 없었다.

2
아시아

별 탈 없이 샤를 드골 공항에 도착했다. 서울에서는 맛보기 어려울지도 몰라 크루아상을 하나 샀다. 한국인들이 프랑스 문화에 열광한다고 들었지만, 노르망디 출신으로 확신하건대 버터가 다르면 페이스트리 맛도 완전히 달라지는 법이니까. 미리 챙겨서 나쁠 건 없었다.

편안한 좌석에 앉아 제로 콜라를 마시며 앙제에 사는 친구가 영상통화에서 한 말을 떠올렸다. "태권도보다 스모가 더 어울릴 것 같은데!" 자신은 일본이 아닌 한국에서 입양됐다고 반박하려다 문득 일본 출신 입양아는 왜 한 번도 만난 적이 없는지 궁금해졌다. 그 나라는 더 풍족했던 걸까, 아니면 일본인들은 자존심이 너무 강해 자식을 자기 힘으로 키울 수 없다는 사실을 인정할 수 없었던 걸까? 흔히 두 나라를 '극동'이라고 부르지만, 과감하고 충만한 상상력을 고려할 때 '극단의 동양'이라는 표현이 더 어울릴지도 모르겠다. 하지만 둘 사이에는 근본적인 정신적 차이가 존재했다. 식민 지배를 한 사람과 침략을 당한 사람 사이에 드러나는 차이와 비슷했다. 40년 가까이 지배받으며 모국어 공부와 사용을 금지당한 역사는 결코 사소한 것이 아니었으니까!

한국인은 아시아의 이탈리아인이고, 일본인은 독일인이라는 이야기를 들은 적 있다. 고추와 마늘 사용량에서 한반도 사람들이 시칠리아 사람들에게 전혀 뒤지지 않는다는 점은 확실했다! 나머지는 직접 확인해 보면 될 것 같았다.

태권도 책을 펼쳤다. -나중에 관심이 생긴 철학적인 면은 일단 제쳐두고- 다른 무술과 근본적으로 다른 점을 꼽는다면, 태권도에서는 발동작이 특별히 중요했다. 이 무술은 주로 발을 이용해 상대의 얼굴을 가격했다. 사람들이 겉모습만 보고 겁먹을지도 모르지만, 그는 게임에서와 달리 손재주만큼이나 발재간도 없었다.

수업을 들을 태권도장 홈페이지에서 도복을 대여해준다는 정보도 확인했다. 책에서는 이 단어가 '수련의 길을 위한 옷'을 뜻한다고 했다. 유명 배우 포레스트 휘태커가 출연한 영화 「고스트 독」이 떠올랐다. 오래전부터 신체와 정신 수련을 위해 이 옷을 입는다고 했다. 유도나 가라테 복장과 어떤 차이가 있는지 명확히 알기 어려웠지만, 일단 계속 읽었다. 한국 전통 의상과 마찬가지로 도복은 세 가지 상징을 담고 있었다. 원형, 사각형, 삼각형. 상의에 해당하는 원(圓)은 하늘을, 하의에 해당하는 방(方)은 땅을, 허리띠에 해당하는 각(角)은 인간을 상징했다. 머리가 어지러웠다. 원-방-각이라니 마치 타악기 소리 같았다. 사람과 대련하려고 출발했는데, 실존적 지리 수업으로 시작하게 될 줄이야. 조종사에게 돌아가자고 하고 싶었지만, 안타깝게도 개인 소유 제트기가 아니라 비즈니스석에 앉아 있었다!

더 읽어보니 이 운동에서는 예의를 지켜야 하며 -그렇다, 때리더라도 공손하게 때려야 했다!- 정직도 중요했다. 고개를 끄덕였다. 뼈가 부러지기보다는 정직하게 붙어 있는 편이 나을 테니까. 또한 인내심이 필요하다는데 쉽지 않아 보였다. 자제력도 중요하다고 했다. 이건 장담할 수 없었다. 그는 게임하다가 자존심이 상하면 감정을 억제하지 못했다. 그나마 자신 있는 유일한 덕목은 불굴의 정신 정도였다.

재택근무를 하지 않았다면, 아마도 첫 오픈 스페이스 사무실에서 동료를 죽이고 감옥에 갔을지도 모른다. 입양아는 연쇄 살인범이나 예술가가 될 가능성이 높다는 말을 어디선가 들은 적이 있었다. 완전히 틀린 말은 아닌 듯했다.

책에는 나무판이나 벽돌 격파도 배운다고 나와 있었다. 물렁물렁한 몸으로 그런 단단한 물건을 부술 수 있을지 의심스러웠다. 다치지 않을까 싶었지만, 게임에서 수없이 성공한 일을 현실에서 해본다니 가슴이 두근거렸다!

아부다비에서 비행기를 갈아탈 때 좀비처럼 공항을 배회했다. 로메로의 영화 「시체들의 새벽」에 나오는 쇼핑몰 장면이 떠올랐다. 지나치게 밝은 조명과 과도하게 사치스러운 분위기에 머리가 아팠다. 기운을 차리려면 뭐라도 먹어야 했다. 갈레트에 거의 넘어갈 뻔했지만, 햄이 안 들어 있을까 봐 그만두었다. 그는 자신이 정말 너무 프랑스적이라고 생각했다! 계속 돌아다니다 몽트뢰 재즈 카페를 발견했다. 크레프 가게의 단순하고 소박한 인테리어보다는 재즈 카페 간판 쪽이 훨씬 멋스러웠다. 게다가 스위스가 떠올라 적어도 조금은 이국적인 느낌마저 들었다.

치즈버거와 시저 샐러드 중에서 오래 고민하지 않았다. 절제하기로 마음먹은 나라에 도착한 후에 다이어트를 시작해도 늦지 않을 터였다. 비행기 승무원 모두가 자신을 돌봐줄 테니 고혈당 쇼크도 걱정할 필요가 없었다!

어른용 놀이공원 같은 공항을 좀 더 돌아다녔다. 순백의 젤라바[1)]가 눈길을 끌었다. 자신에게도 잘 어울릴 것 같았다. 군살을 감추려고 하나 구입하려다, 문득 여행 목적이 바로 그 군살을 없애는 것임을 떠올렸다. 살이 빠지기도 전, 거의 평생 유지해온 몸에 대한 향수가 밀려들었다. 그는 자신이 생각했던 것보다 더 감수성이 풍부했다!

그는 영화 한 편도 보지 못하고, 한국 해안에 가까워지는 것도 보지 못한 채 잠에서 깨어났다. 첫 장거리 비행의 불안을 달래려고 싱글 몰트 위스키를 들이켠 탓에 비행시간 대부분 잠을 자고 말았다. 한국 아이들은 꽤 얌전한 것 같았다. 아이들이 비행기에 많이 탑승하는 것 같았는데 소란스럽지 않았다. 주변을 둘러보니 거의 중년 남성뿐이었다. 가족 단위 여행객은 이코노미석에 있는 모양이었다. 영화를 못 봐서 아쉽지는 않았다. 디지털 디톡스를 시작했다고 치면 되니까. 다만 하늘에서 내려다본 한국의 모습이 어떨지는 궁금했다. 나중에 구글 어스로 확인하기로 했다.

1) djellabas : 북아프리카에서 주로 입는 긴 소매 튜닉.

상쾌한 기분으로 드넓은 공항에 도착했다. 뜻밖에도 세관 절차가 간단했다. 간단한 양식 두 장만 작성하면 됐다. 체류 목적을 묻는 양식에는 몇 줄 간단히 적고 넘어갔다. 다른 하나는 소지품 신고서이지만 그에게는 신고할 물건이 없었다. 예전에 프로그래머를 만나러 텔아비브에 갔다가 비행기보다 세관에서 더 많은 시간을 보낸 적이 있었다. 남한이 북한과 전쟁 중인 상태로 간주된다는 사실을 고려해 이동 시간만큼이나 세관 대기 시간이 길 거라 짐작했지만, 예상은 보기 좋게 빗나갔다.

예전에 다녀본 대부분의 공항보다 훨씬 더 깨끗하고 첨단 시설이 갖춰진 넓은 홀에 들어섰다. 인상이 나쁘지 않았다. 그러나 활기찬 한국 생활에 조금이라도 빨리 뛰어들고 싶은 마음에 서둘러 국제적인 공간을 빠져나왔다. 안내받은 버스 정류장으로 곧장 발걸음을 옮겼다. 버스를 타면 숙소 근처까지 갈 수 있었다.

자리에 앉자 뒷자리에서 누군가 그의 어깨를 톡톡 두드리며 "옥수수"를 반복했다. 카르마에 좋을 테니 동전이라도 주자 싶어 지갑을 꺼냈다. 방금 환전한 터라 두툼한 지폐 다발과 약간의 동전이 있었다. 어쩐지 세상에서 제일 부자가 된 듯한 기분이었다. 정성스럽게 손질한 손을 내민 사람은 젊고 아름다운 여자였다. 그가 지금까지 말을 섞은 사람 중 이렇게 예쁜 여자는 처음이었다. 여자는 삶은 옥수수 한 개를 건넸다. 애당초 단식할 생각은 아니었지만, 음식이 다 이렇게 칼로리가 낮다면 체중 관리가 수월할 것 같았다. 처음엔 외국인이라서 친절을 베푸는 줄 알았지만, 곧 자신이 프랑스인이어도 겉모습은 한국인이라는 사실을 떠올렸다. 혹시 호감의 표시일까, 아니면 혼자 먹기 민망해서 그런 걸까? 버스 안은 거의 텅 비어 있었지만, 여자는 그의 옆자리에 옮겨 앉았다. 그는 그녀가 아무 말도 하지 않거나, 영어를 할 수 있기를 바랐다. 그렇지 않으면 한 시간이 한없이 길게 느껴질 테니까!

버스가 안국역에 도착하자 그는 독창적인 수화를 함께 나눈 젊은 여자에게 작별 인사를 건넸다. 셔틀에서 내려 스마트폰 앱으로 인사동 길을 금세 찾아내 서울의 오래된 동네를 가로질렀다. 찻집과 현지인과 관광객에게 고급 종이와 붓, 도자기, 옷감을 판매하는 가게는 여전히 많았지만, 식당은 더는 예전처럼 허름하지 않았다. 이제는 나무와 유리, 시멘트를 조합해 지은 세련된 식당들이 들어서 있었다.

좁은 골목에서 가이드북에 언급된 숙소를 찾았다. 간판에 화로에서 솟아오르는 붉은 불꽃 세 개가 그려져 있어 쉽게 찾을 수 있었다.

안으로 들어가자 구부정한 노인이 빛바랜 가격표를 가리켰다. 거기에는 하룻밤 또는 시간당 요금이 표시되어 있었다. 서울 한복판에서 하룻밤 묵는 데 겨우 40유로라니. 유럽의 호스텔 도미토리 2층 침대 가격보다 아주 살짝 비쌌다!

방에 들어서자, 구석에 면과 새틴이 섞인 깔개가 하나 말려 있었고, 그 옆에는 접힌 이불과 흩어진 쿠션 몇 개가 놓여 있었다. 미니바에는 물 한 병과 흰색 액체가 담긴 작은 병 두 개가 전부였다. 텔레비전, 선풍기, 드라이기, 투박한 형광색 수건 같은 것, 그리고 코로나19가 비껴간 것처럼 많은 손님이 사용한 듯한 대용량 위생용품들이 있었다. 칫솔과 콘돔만 개별 포장되어 있었다. 방은 나름 정돈되어 있었지만, 앞으로 많은 노력이 필요할 이번 체류를 감안하면 너무 허술해 보였다.

욕실을 들여다보고는 깜짝 놀랐다. 욕조도 샤워 부스도 없이, 그저 샤워기 헤드가 달린 호스 하나만 덩그러니 놓여 있었다. 그는 영화에서 시골에서는 아직도 종종 대야로 몸을 씻는 것을 본 적이 있었다.

한국인은 플라스틱 대야의 달인이었다. 빨래하고, 시장에서 먹을거리를 팔고, 몸을 씻을 때도 대야를 사용했다. 다양한 용도로 활용되는 것은 화장실 휴지도 마찬가지였다. 외국인 사업가가 한국의 유명 기업 CEO의 사무실 책상 위에서 화장실 휴지를 발견하고 충격을 받은 일도 있었다.

그는 온수가 잘 나오는지 확인하고 한숨을 내쉬며 안도했다. 진정성을 추구하는 취향이 이미 심하게 시험받고 있었다.

뭔가 먹을 것을 찾아 밖으로 나섰다. 어느새 오후 한 시를 훌쩍 넘어 있었다. 예술품과 공예품 갤러리, 고급 기념품 가게가 즐비한 거리를 거닐었다. 예술 좀 할 법한 사람들이 몰려가는 쇼핑몰 앞까지 갔다가, 북적이는 인파에 물러섰다.

대나무로 아름답게 장식한, 분위기가 조금 더 점잖은 가게를 찾았다. 처음엔 여기라면 영어가 통할 것 같았지만, 곧 젊은 사람들이 많은 곳이 오히려 더 소통하기 쉬울지도 모르겠다 싶었다.

20대로 보이는 여성이 음식 사진이 인쇄된 코팅 메뉴판을 가져왔다. 세련된 느낌은 없었지만, 기꺼이 받아 들었다. 한국에서 흔히 마시는 소주는 한 병에 3유로였다. 반면 프랑스 와인은 품질과 상관없이 터무니없이 비쌌다.

타르타르와 한국 맥주를 주문했다. 그는 자기처럼 입양된 친구가 했던 우스갯소리가 떠올랐다. 한국인이 일본인보다 나은 점을 꼽는다면 맥주를 부르는 고유한 단어, 맥주가 있다는 거라고. 그에 비해 일출의 제국 출신들은 맥주를 '비루'라고 하니까. 물론 일본인은 양조의 대가고, 일본 맥주가 세계적으로 유명하기는 해도 말이다.

프랑스에서 보던 타르타르와 비슷한 음식이 나오자 절로 미소가 지어졌다. 하지만 달콤한 맛에 당황하고 말았다. 얇게 썬 배가 보였다. 할머니가 간식으로 썰어 주던 배보다 훨씬 더 향긋했다. 참기름과 간장이 들어간 것 같았는데, 직접 요리를 하진 않아도 다양한 나라 음식을 배달로 자주 먹다 보니 그 맛이 낯설지 않았다. 소고기, 마늘, 쪽파, 고춧가루의 조합은 의외로 입에 잘 맞았고, 한국에서의 첫 식사는 눈 깜짝할 새에 끝났다. 맥주와 함께라면 뭐든 잘 넘어갔다!

3
한국

숙소로 돌아가 낮잠을 자려고 했지만, 특히 식사 후에는 최대한 움직이라는 의사의 조언이 떠올랐다. 동네를 좀 더 탐험해 봐도 괜찮을 것 같았다. 잠시 번화가를 따라 올라가다가 인파를 피해 방향을 틀었다.

인상적인 동상 앞에 도착했다. 가이드북에서 읽은 기억이 났다. 이순신 장군은 한국판 잔 다르크 같은 전쟁 영웅이었다. 장갑 함대 거북선으로 일본 침략군을 물리친 인물. 함대라고 하니 바이킹 전함과 만화 『아스테릭스』에서 읽은 로마 군대의 방어 전술이 동시에 떠올랐다. 전함을 소재로 꽤 기발한 게임 시나리오를 만들 수 있을 것 같았다.

기념비 뒤로 웅장하고 색감이 또렷한 나무문이 보였다. 세 개의 아치와 두터운 성벽이 길게 이어져 있었다. 태권도 수업이 시작되면 관광을 즐길 여유가 많지 않을 터였다. 그는 평소라면 절대 하지 않았을 일을 하기로 마음먹었다. 경복궁 문화 탐방 티켓을 산 것이다. 서울에 다섯 개의 궁궐이 있다는 사실은 알고 있었지만, 하나만 봐도 충분할 것 같았다. 영어로 된 안내 책자도 함께 챙겼다. 설명에 따르면 경복궁은 14세기 말에 완공됐다. 역사 수업 내용이 가물가물했지만, 베르사유 궁전이 훨씬 나중에 지어졌다는 건 분명했다. 게다가 경복궁의 주된 건축 재료는 나무였다.

악령으로부터 궁을 보호하려고 서 있는 석조 조각상의 재미있는 얼굴을 보니 지인 몇 명이 떠올랐다. 생각보다 한국 문화가 더 친근했다. 혹시 유전자 때문일까 궁금했다. 하지만 태어난 나라에서 보내는 첫날부터 이런 심각한 고민은 접어두기로 하고, 경복궁을 방문한 한국 여자들에게 눈을 돌렸다. 움직이지 않는 유물보다 그쪽이 훨씬 더 흥미로웠다. 세련된 모습에 눈길이 갔다. 한국인들은 성형 수술 전문가라고 했다. 청소년기를 지나면 첫 선물로 수술을 받는다고. 마치 유럽 부잣집 아이들이 고등학교 졸업 후 자동차를 선물 받는 것처럼 말이다. 게다가 화장에도 몹시 열중하는 듯했다. 파리 13구나 벨빌에서 가끔 마주친 여자들과 달리 어쩐지 비현실적으로 느껴졌다.

고궁 탐방을 마치고 전통적인 모습이 남아 있는 북촌으로 향했다. 청와대에서 멀지 않았다. 청와대는 2022년까지 대한민국 대통령이 거주하며 공무를 수행하던 곳으로, 이후 전직 대통령이 국민에게 개방하고 국방부로 자리를 옮겼다고 했다. 북촌에는 갤러리와 작은 술집이 많다고 읽었다. 고요한 아침의 나라 사람들은 확실히 센스가 있었다. 난해한 작품을 보며 형이상학적 질문에 빠지고 나서 술 한 잔으로 그 의문을 흘려보내는 것보다 더 큰 위안이 또 있을까?

일본인이 '가와이'를 외칠 법한 귀여운 카페를 발견하고 들어갔다. 그런데 극단적으로 키치한 음료뿐이었다. 어마어마하게 다양한 맛의 밀크셰이크와 가향차로 가득한 메뉴판에서, 그는 소박하게 볶은 보리차를 주문했다.

첫날을 돌아보았다. 점심을 먹은 식당에서는 혼자 있는 사람을 단 한 명도 보지 못했다. 다들 책상에서 혼자 끼니를 때우는 걸까? 아니면 누구나 적어도 한 명쯤은 가까운 동료가 있는 걸까? 혹은 점심시간마저 좋아하지 않는 사람과 함께 보내야

하는 걸까?

밖으로 나와 잠시 주변을 둘러보니, 혼자 술을 마시는 사람 몇몇이 눈에 들어왔다. 그래도 대부분 오랜 친구든, 막 사귄 친구든, 집까지 부축해 줄 동행이 둘쯤은 있는 듯했다.

그는 꽤 이른 시각에 숙소로 돌아왔다. 너무 피곤해서 저렴한 가격에 제공하는 매트와 이불을 얼마나 자주 세탁할지 생각할 겨를조차 없었다. 오늘의 문화 탐방이 약간의 노력이 필요했던 정도라면, 내일 시작할 태권도 수업은 완전히 다른 차원이 될 것 같았다. 그는 이런 불안한 생각을 품고 잠들었다.

온몸이 땀에 흠뻑 젖어 잠에서 깼다. 누운 자리가 축축했다. 꿈을 꿨다. 어느 도시 빈민가에서 피에 굶주린 악마가 사람들의 목숨을 노리고 있었다. 악마를 쫓아내려면 주술사를 불러야 했는데, 이상하게도 비디오 게임으로 주술사를 찾아야 했다. 하지만 빈민촌 잡동사니를 샅샅이 뒤지고, 범죄자들이 수상한 거래를 벌이는 탁자 밑을 살피고, 쓰레기 더미 속을 헤매도 게임 속으로 들어가게 해줄 콘솔은 보이지 않았다.

거리로 나와 카페를 찾으려고 두리번거렸다. 따뜻한 음료 자판기가 눈에 들어왔지만 그다지 끌리지 않아 현지 스타벅스 같은 카페에 들어갔다. 냉장 진열장에는 무척 달 것 같은 파스텔 색깔의 페이스트리들이 놓여 있었다. 당뇨병을 생각해 먹지 않기로 하고 한국식 발음으로 '코피'만 주문했다. 직원이 우유 거품에 하트 모양을 그려서 카푸치노를 가져다주었는데,

소주 한 병보다 가격이 비쌌다. 이 나라에 살면 알코올 중독자가 될 것 같았다. 한 가지 악습을 없애려면 새로운 악습을 들여야 하는 걸까? 인간은 늘 일정량의 불안을 가지고 살고, 그 불안은 단지 한 대상에서 다른 대상으로 옮겨갈 뿐이라는 생각이 들었다. 이전에 떠올린 적 없는 발상이었다. 당뇨병 환자에게는 설탕보다 술이 더 나을 것 같았다. 흔히 생각하는 것과 달리 알코올은 고혈당보다 저혈당을 유발하는 경향이 있으니까. 적어도 설탕을 첨가하지 않은 술은 그랬다. 불쌍한 췌장이 너무 고생하지 않도록 간이라도 아껴야겠다는 결론으로 쓸데없는 생각을 마무리했다.

진한 커피를 마시고 나서도 여전히 정신이 몽롱했다. 갑자기 자극적인 냄새가 코를 찔렀다. 익숙한 냄새가 분명한데 어디서 맡았는지 기억나지 않았다. 그렇다! 바로 **김치** 냄새였다. 마늘과 고추가 들어간 발효 배추, 프랑스에서 한국 음식을 주문할 때마다 매번 외면했던 바로 그 냄새. 이 정신 나간 사람들이 아침부터 **김치**를 먹는 모양이었다! 고마웠다. 처음으로 이 절인 채소가 도움이 되었으니. 덕분에 정신이 번쩍 났다.

도장, 즉 훈련장에 일찍 도착했다. 그에게는 아주 드문 일이었다. 시차가 꼭 나쁘기만 한 것은 아니었다! 한 청년이 완벽한 영어로 장소를 안내하고 유니폼을 고르는 데 도움을 주었다. 너무 길지 않고 충분히 넉넉한 사이즈를 찾기가 쉽지 않았다. 결국 두 벌에서 각각 상의와 하의를 골랐다. 짧은 바지는 배 아래로 걸치고, 상의는 꽉 끼지 않고 편안하게 입었다.

그는 진심으로 살을 빼고 싶었다. 집에서 소파에 앉아 있을 때는 그리 문제 되지 않았지만, 전날 도시를 돌아다니며 땀을 흘릴 때는 자신이 마치 아기 코끼리라도 된 듯한 기분이 들었다. 어릴 때는 '말라깽이'라는 말도 들었는데 어쩌다 이 지경이 된 걸까? 아시아인답게 다리가 젓가락 같다는 말을 듣지 않으려고 군것질을 입에 달고 산 탓일까? 사람들의 시선을 피하려고 더 많은 공간을 차지하다니. 역설적이지만 그게 바로 진실이었다.

육신을 치료하러 왔는데 영혼이 더 괴로워지고 말았다. 물론, 영혼이라는 게 있다면 말이지만. 생각해 보면 태어난 나라를 선택한 데는 다 이유가 있었다. 무술 수련은 아시아 어디서든 얼마든지 할 수 있었고, 선택지는 넘쳐났다. 그런데 왜 하필

두 살 때 버림받은 이 나라를 택했을까? 고통을 즐기는 마조히스트라서? 평생 자신을 쾌락주의자로 여겼는데. 빌어먹을 당뇨병이 삶을 송두리째 뒤흔들어 놓았다. 앞으로 닥칠 합병증이 두렵기도 했지만, 사실 모든 게 엉망이 된 건 검사 결과를 들은 바로 그 순간부터였다. 평소라면 절대 마주하지 않았을 내면 깊숙한 곳까지 들여다볼 수밖에 없었다. 상상의 세계에서 일하기로 결심한 그가 이제는 정체성과 유한성이라는 아찔한 질문과 마주하게 됐다. 캐릭터를 바꾸거나 조이스틱을 능숙하게 조작하는 것만으로는 절대 해결되지 않는, 온갖 골치 아픈 문제 말이다.

미국인 사범님이 환한 미소를 지으며 등장하자 그는 내적 혼란에서 잠시 빠져나왔다. 인정하고 싶지 않았지만, 상당히 실망스러웠다. 서극 감독의 영화나 이소룡과 이연걸이 출연한 작품에서 튀어나온 듯한 스승을 내심 기대했는데. 켄 인형을 닮은 애송이는 전형적인 미국 촌놈으로 보였다. 철학적으로 생각해 보았다. 누구나 누군가에게 촌스러울 수 있다. 의사소통에는 문제가 없을 것 같아 그나마 다행이었다. 우리의 용감한 데이브는 중서부 억양으로 오바마가 의정 활동을 펼친 일리노이에서 왔다고 알렸다.

먼저 발이 깨끗한지 확인했다. 그는 서둘러 발가락 사이에 낀 먼지를 문질러 털어냈다. 이어서 다다미 바닥에 엎드려 절하라고 해서 하마터면 웃을 뻔했다. 의욕 넘치는 젊은이들과 함께하는 자리에서 어느 때보다도 혼자라는 기분이 들었다.

첫 수업이라 태권도의 역사와 원리에 대한 자세한 설명이 이어졌다. 초보자도 각자의 능력과 성격에 맞게 수련하면 된다는 말에 안심했다. 태권도는 세 살배기 어린이도 배울 수 있는 운동으로, 무엇보다도 조금씩이라도 성장한다는 게 가장 중요했다.

단어의 어원도 배웠다. 태권도는 발과 주먹의 길이라는 의미로, 태는 발로 차기, 권은 주먹으로 치기, 도는 길 또는 철학적 방법을 뜻했다. 단순히 자신을 방어하는 법이 아니라, 자신감을 기르고 강인한 정신과 온화한 처신을 북돋는 과정이었다. 그러려면 긍정적인 힘과 부정적인 힘을 모두 제어할 줄 알아야 했다. 앞으로 쉽지 않을 것 같았다!

마치 그의 생각을 읽기라도 한 듯 데이브는 지금 어려운 과제처럼 보일수록 나중에 더 크게 만족할 거라고 덧붙였다. 또한, 즉흥적으로 반응하지 말고 때로는 조언을 구하라고 했다. 의문이 들었다. 공격당하는 순간에 도대체 누구에게 조언을 구한단 말인가? 자신을 괴롭히는 깡패에게? 아니면 서둘러 자리를 뜨는 사람들에게? 아니면 검은 띠 소유자에게 전화라도 걸어야 할까?

이어서 미국인은 음과 양, 물과 불, 낮과 밤에 관한 진부한 이야기를 늘어놓았다. 새 선생님 덕분에 벌써 존경하는 법을 수련하게 됐다. 정말 쉽지 않았다!

태권도는 무기를 전혀 사용하지 않는다는 것도 새로 알게 됐다. 손재주가 없는 터라 오히려 마음에 들었다. 올림픽 정식 종목이라는 점도 인상 깊었다. 한국이 1988년 올림픽을 개최하며 전 세계인의 주목을 받았고, 그 덕분에 한반도가 국제적으로 널리 알려졌다는 사실은 이미 알고 있었다. 올림픽은 그의 고국에 관해 사람들이 알고 있는 몇 안 되는 정보 중 하나였다. 가끔 한국 전쟁 때문에 입양되었느냐는 질문을 받기도 했다. 그런 말에는 그저 하늘을 올려다보며 대답을 대신했다. 요즘은 K-팝 덕분에 상황이 완전히 달라졌지만, 그 변화가 마냥 반갑기만 한 건 아니었다.

이어서 검은 띠 선배가 시범을 보였다. 당황스러울 만큼 합판이 쉽게 부서졌다. 어쩐지 과시적으로 느껴졌지만, 그건 모든 일에서 부정적인 면을 찾는 습관 때문일지도 몰랐다. 아시아인은 유럽인보다 공동체적 사고방식을 더 중시하니까. 허세처럼 보였던 그 시범도 어쩌면 클럽을 홍보하고 신입 회원의 열정을 북돋우려는 의도였을 수 있다. 동시에 수입을 늘리려는 목적도 있었을 것이다. 초보자는 기본자세와 기술, 간단한 호신술부터 배우게 된다는 설명이 이어졌다.

신입 회원이 대부분 자신보다 어려 보이자, 그는 문득 부끄러워졌다. 다행히 아시아계 외모 덕분에 겉보기엔 서른다섯 살처럼 보이지는 않았을 것이다. 적어도 이곳에 모인 미국인의 눈에는. 문득 궁금해졌다. 한국 사람들은 이렇게 서구화된 클럽을 꺼리는 걸까? 아니면 외국인 학원에 등록할 만큼 영어에 자신이 없는 걸까?

준비 운동으로 푸시업과 스쾃을 간신히 해낸 후, 몇 가지 기본 동작을 배우고 지겨워질 때까지 반복했다. 이런 첫 번째 운동이 효과가 있었는지 갑자기 배가 고팠다. 아침에는 늘 식욕이 없었는데. 문득 평소에는 아침에 일어나지도 않는다는 사실이 떠올랐다.

아일랜드인이라고 밝힌 빨간 머리의 팀이 길거리 음식을 먹으러 가자고 했다. 치킨, 회오리 감자튀김, 한국식 라비올리인 만두, 쌀로 만든 마카로니 비슷한 것에 매운 고추장을 버무린 떡볶이까지. 모두 아줌마가 만들어 준다고 했다. 그는 아줌마를 만날 일이 기대됐는데, 아마도 현지의 미인일 것 같았다.

하지만 막상 도착해 보니, 파마한 짧은 머리에 오래된 사과처럼 쪼글쪼글한 할머니만 있었다. 중년 여성들은 다 어디로 갔을까. 혹시 아이를 돌보느라 집에만 있을까, 아니면 어느 날 갑자기 이렇게 변해버린 걸까. 사회적 계층의 문제가 아닐까 싶기도 했다. 할머니 얼굴에는 여러 세대에 걸쳐 이어진 고된 노동의 흔적이 고스란히 담겨 있었다.

음식은 다 맛있어 보였지만 식이요법에는 맞지 않았다. 그는 팀에게 당뇨가 있다고 말하며 좀 더 가볍게 먹을 수 있는 음식이 있을지 물었다. 팀은 근처 맛집에 **삼계탕**을 먹으러 가자고 했다.

4
서울

처음에 이것은 그저 밥과 닭고기를 함께 먹는 소박한 음식처럼 보였다. 그런데 막상 닭 속을 들여다보니, 예상 밖의 재료로 가득 차 있었다. 약간 쌉싸름하면서도 향긋한 국물에 담긴 영계 안에는 찹쌀, 인삼, 마늘, 대추, 밤이 알차게 채워져 있었다. 그는 매끄러운 한국 쇠젓가락으로 닭고기 살을 정성스럽게 발라 소금과 후추를 섞은 양념에 찍어 먹었다. 고역일 줄 알았는데, 뜻밖에도 꽤 즐거운 식사였다. 게다가 이 음식엔 원기를 북돋아주는 효능까지 있다고 했다. 아마도 정력에 좋다는 말을 점잖게 돌려 표현한 것 같았다. 인삼 모양은 자연스럽게 남근을 떠올리게 했고, 두 갈래로 갈라진 뿌리는 여성의 다리처럼 보이기도 했다. 맛있는 음식을 먹자 분명 무언가 좋은 일이 생길 것만 같았다!

그는 이전에 미처 몰랐던 새로운 '라이프스타일'에 들떠,

팀에게 분위기 좋은 술집을 아는지 물었다. 팀은 서울엔 그런 곳이 넘쳐난다고 쾌활하게 대답했다. 일주일 전만 해도, 그는 자신이 집 밖에 거의 나가지 않고 취미 생활에만 몰두하는 일본의 '오타쿠' 같다고 생각했는데! 내성적인 성격이라고 말하면 다들 코웃음 쳤다. 이제는 밖에서 먼저 말을 걸고 분위기를 띄우는 사람이 되어 있었다. 그러나 그는 잘 알고 있었다. 외향인과 내향인의 진짜 차이는 사람을 즐겁게 하는 능력에 있지 않았다. 외향인은 사람들 속에서 에너지를 얻지만, 내향인은 고독 속에서 재충전했다.

팀은 프랑스어로 프랑스인을 뜻하는 단어를 애정을 담아 한국식으로 발음해, 그를 '뿌랑새'라고 불렀다. 그는 진심으로 이 거대한 도시를 탐험하고 싶어졌다! 같은 유럽 문화권에서 왔다는 단순한 공통점으로 시작된 아일랜드 청년과의 새로운 우정은 그의 마음에 활기를 불어넣었다.

팀은 서울의 활기찬 동네 몇 곳을 소개해 주었다. 홍익대학교 근처, 이른바 홍대 앞은 술 마시러 나온 대학생들로 술집과 클럽이 북적이는 곳이고, 번쩍이고 화려한 강남은 벼락부자들이 모이는 지역이라고 했다. 이태원은 예전에 미군 기지가 있던 곳으로, 한때 멋진 재즈 클럽이 많았지만 지금은 세련되고 트렌디한 동네로 바뀌었다고 했다.

「강남 스타일」 안무가 재미있기는 했지만, 그는 화려한 젊은이들 틈에 끼어 있는 자기 모습을 상상하기는 어려웠다. '이태원'이라는 말을 듣자, 얼마 전 핼러윈 때 압사 사고로 젊은이들이 150명 넘게 숨진 사건이 떠올랐다. 그들은 결국 대학가를 택했다. 팀은 이달의 마지막 금요일이 아니라서 아쉽다고 했다. 그날은 라이브 클럽 데이여서, 패스 하나로 여러 술집에 들어가 인디 가수의 공연을 즐길 수 있다고 했다. 하지만 괜찮았다. 홍대 앞 특유의 분위기를 느끼기엔 충분할 테니까! 게다가 겨우 월요일이지만 아직 시차에도 완전히 적응하지 못한 상태였다. 아니, 어쩌면 시차보다 감정의 시차 탓인지도 몰랐다. 오랫동안 일정 없는 생활을 해왔으니까.

작은 광장에 도착하자, 긴 머리에 어딘가 신비로운 분위기를 풍기는 청년이 팀을 반갑게 맞았다. 그는 왠지 난해한 음악을 좋아하고 불가사의한 이야기를 늘어놓을 것만 같았지만, 뜻밖에도 좁은 골목을 지나 세련된 테크노 음악이 흘러나오는 술집으로 그들을 이끌었다.

놀란 표정을 보고 팀은 대호를 어떻게 알게 되었는지 들려주었다. 두 사람은 밀물이 차면 섬이 되어버리는 반도에서 열린 레이브 파티에서 만났다고 했다. 물이 차오르기 전에 함께 달려 탈출하면서 자연스럽게 유대감이 생겼고, 이후 택시와 시골 버스, 지하철을 갈아타며 몇 시간을 함께 이동하면서 진한 우정이 싹텄다고. 힘든 여정이었지만 팀은 조금도 후회하지 않았다고 했다. 그만큼 한국의 '프리 파티'는 정말 색다른 경험이었으니까. 포장마차에서는 숯불에 해산물을 구워 먹을 수 있었고 전자음악에 맞춰 꿈틀거리는 장어를 꼬치에 꿰고, 능숙한 손놀림으로 재빠르게 껍질을 벗기는 사람들도 있었다고 했다. 그 모습에 비하면 영화 「올드보이」 주인공이 산낙지를 삼키는 장면이 마치 디즈니 애니메이션처럼 순한 맛으로 느껴질 정도였다고.

팀은 정말 이야기꾼이었다! 아일랜드에 재능 넘치는 작가가 많은 것이 결코 우연이 아니었다. 기네스 맥주뿐 아니라, 아일랜드인의 혈관에는 사람의 마음을 사로잡는 이야기를 풀어내는 재능도 흐르고 있음이 틀림없었다!

숙소로 돌아오자, 천장이 빙글빙글 돌기 시작했다. 여대생들이 폴란드인처럼 마시는 걸 보고 방심한 나머지 소맥을 과하게 들이켜고 말았다. 다행히도 진짜 한국인처럼, 그에게는 집까지 데려다줄 친구가 둘이나 있었다. 하루 만에 친구가 두 명이나 생기다니, 이렇게 사교적인 적은 태어나 처음이었다! 속을 비우려 일어서면서 한국이 그에게 신고식을 제대로 치르게 했지만, 그는 자신이 그 시험을 당당히 통과했다고 믿었다.

다음 날, 그는 거의 녹초가 된 상태로 **도장**에 도착했다. 데이브와 검은 띠 선배에게 인사하려고 고개를 숙이자 당장 화장실로 달려가고 싶어졌다. 팀이 비닐봉지를 들고 나타났을 때, 그는 엄지와 검지로 간신히 오케이 사인을 만들었다. 팀은 봉지에서 작은 유리병을 꺼내 보여주며, 그게 바로 숙취 해소를 위해 특별히 개발한 음료 **모닝케어**라고 말했다. 비슷한 제품으로 사탕, 알약, 아이스크림 등 갖가지 종류가 있으며, 어떤 식당에서는 아예 테이블에 비치해 두기도 한다고 알려 주었다. 한국에는 만취 문화가 발달했다는 말도 덧붙였다. 어릴 때부터 사회가 강요하는 완벽함에 대한 압박을 잠시나마 잊게 해주는 방식이랄까. 그러면서 술에 취한 다음 날을 견디는 방법까지 철저히 개발한 것이다. 꿀, 비타민 C, 유충 가루를 함유한 숙취 해소 제품으로, 유충 단백질 덕분에 식물성 성분보다 알코올 분해 효과가 더 빠른 **숙취엔 벵주야**도 있었다. 팀은 자세히 설명하면 친구의 속이 더 안 좋아질까 봐 언급을 자제했다. 수업이 끝나고 두 사람은 **해장국**을 먹으러 가기로 했다. 그건 말 그대로 **숙취를 쫓는 수프**였다.

전날의 과음을 되풀이하고 싶지 않았지만, 그는 정말 모든 것을 이렇게 완벽히 준비한 민족에게 진심으로 감탄했다. 혹시 자신도 한국인의 유전자를 물려받아 대부분 아시아인처럼 알코올 대사에 약한 걸까 싶기도 했다. 문득 파리에서의 삶이 떠올랐다. 마치 전생처럼 아득했다! 파리에서는 술을 거의 마시지 않았다. 아무리 울적해도 혼자 술을 마실 만큼 절망한 적은 없었으니까. 요란한 음악에 파묻혀 친구들과 함께 잔을 부딪치며 '건배!'를 외치는 쪽이 확실히 더 멋져 보였다.

갑자기 불안한 생각에 사로잡혀 데이브가 설명을 시작했는데도 귀에 아무것도 들어오지 않았다. 혹시 팀이 그냥 한 번 친절하게 굴었을 뿐, 더는 가까워질 마음이 없다면? 어린 시절을 망친, 버림받을지 모른다는 두려움이 만 배 더 강력하게 돌아왔다. 속이 울렁거리고 머리가 지끈거려 평소보다 더 예민해졌는지도 몰랐다. 게다가 그는 지금 그 두려움이 처음 자라

난 바로 그 나라에 있었다. 두려움 때문에 지금까지 누구와도 깊은 관계를 맺지 않고 살아온 터였다. 아직도 감히 그 두려움과 마주할 용기가 나지 않았다.

그러다 마음의 안개 속 한 줄기 햇살처럼 팀이 그의 숙취를 덜어주려고 약을 건넨 순간이 떠올랐다. 팀은 분명히 진심으로 그를 챙겼다! 약은 이중으로 위안이 됐다. 프랑스로 돌아가서도 이 약을 어떻게든 찾고 싶었다. 작은 갈색 병을 그저 보고 있어도 든든할 것 같았다. 거기서 생각을 멈췄다. 또다시 쓸데없이 앞날을 그려보고 말았다. 늘 그랬다. 언제나 어두컴컴한 미래. 바로 그게 불안의 원인이었다.

데이브, 아니 켄의 설명에 집중해 태권도 동작에 감탄하는 척했지만, 아무래도 한 달 만에 완벽하게 익히기는 어려울 것 같았다. 그래도 탈의실 체중계가 보여준 대로 2.5킬로그램을 감량했다는 생각에 살짝 기운이 났다. 최근 며칠간 '정크 푸드'는 입에도 대지 않았고, 도시를 누비며 술집을 전전하는 사이 꽤 많이 걸었으니 실제로 살이 좀 빠졌는지도 몰랐다. 결국 그의 생활 습관과 관계 맺는 방식을 보다 근본적으로 개선하는

데 있어 무술은 작은 부분에 불과했다.

십 대 이후 우정 이외의 어떤 관계도 스스로 허용한 적이 없었다. 아무리 다정하다 해도 누가 지방 덩어리 같은 사람을 원할까 싶었다. 그는 여자 친구를 꿈꾸기 시작했다. 20년 넘게 혼자 지내왔는데, 이제 와서 연애할 수 있을까? 어린 시절은 계산에서 뺐다. 그땐 좋아하는 여자아이에게 다가갈 용기조차 없었으니까. 어른이 되어 게임 개발자와 비디오 게임 덕후를 위한 행사에 참석할 때면 아주 매력적인 여자에게마저 오랜 친구처럼 굴었다. 예의를 갖춘 말도, 유혹하는 말도 없었다. 어깨를 툭 치는 인사 정도가 전부였다. 스스로 입고 있던 정신적 갑옷이 이제 조금씩 벗겨지고 있었다. 처방전에 적혀 있지는 않았지만, 멀리서도 주치의가 치료를 꽤 잘하는 것 같았다.

바보같이 웃는 사이, 상대가 빈틈을 놓치지 않고 오른발을 그의 얼굴에 날렸다. 그는 그대로 더 멍청하게 웃고 말았다. 동생이 생긴 뒤로 이렇게 기쁜 날은 없었다!

여태껏 만난 사람 중 공감과 배려가 가장 뛰어난 팀이, 수업 전에 말했던 그 유명한 수프를 먹자며 먼저 나섰다. 그는 눈앞에 놓인 검은 뚝배기를 의심스러운 눈초리로 바라보았다. 그냥 보아서는 식욕이 조금도 돌지 않았다. 소고기 육수에 배추가 가득하고, 정체를 알 수 없는 채소와 작은 살코기 조각이 둥둥 떠 있었다. 역시 완벽한 나라는 없는 법이다! 그래도 첫 숟가락을 떠먹어 보니 예상 밖으로 기운이 솟았다.

팀은 600년 넘게 한국에는 해장 문화가 있었다고 설명했다. 이런 수프, 그러니까 **해장국**을 선술집에서 아침부터 먹을 수 있었다는 것이다. 마치 살아 있는 위키피디아 같은 친구에게 깜짝 놀랐다! 어떻게 그런 걸 다 아느냐고 묻자, 아일랜드에서 온 팀은 역사학자로 전 세계를 강타한 한국 문화 물결인 한류에 관한 논문을 쓰러 왔다고, 자신을 소개했다. 그는 두 가지 사실에 놀랐다. 그것은 개인적인 관심사로 박사 학위를 받을 수 있다는 사실, 그리고 지식인과 어울리면서 이틀 동안 단 한 번도 지루하지 않았다는 사실이었다.

상황이 매우 빠르게 좋아지는 듯했다. 다만 숙소는 예외였는데, 거기는 조금 역겨웠다. 특히 자신이 무릎을 꿇고 변기 한 가운데 머리를 박고 있는 모습을 떠올릴 때면 더욱 그랬다. 그는 한국 영화의 꽤 저속한 유머를 떠올렸다. 영화에는 주인공, 아니 오히려 안티히어로가 폭식을 하거나 좀 더 원초적인 욕구에 탐닉하는 모습이 항상 등장했다. 그는 웃으면서, 솔직하고 육체적인 유머 때문에 파리와 서울이 자매결연을 맺을 수도 있겠다고 생각했다.

노력을 보상하는 의미로 괜찮은 호텔을 찾기로 했다. 그에게는 보상 체계가 매우 잘 작동했다. 부모님과 선생님도 이 점을 잘 알고 있었다. 처벌은 그의 행동에 아무런 영향을 미치지 못하지만, 소금 버터 캐러멜이나 누텔라 토스트 한 조각이면 기적을 만들어낼 수 있었다. 살이 찌고 사회적 관계가 어려워지기 전, 어린 시절에 그는 넓은 마음으로 반에서 누구도 하지 않을 일을 기꺼이 나서서 했다. 돌이켜 보면, 그런 행동의 원동

력이 과자인지, 아니면 사람들이 실망하고 자신을 버릴까 봐 두려웠던 마음인지 알 수 없었다. 같은 학년에서 가장 예쁜 여학생이 비디오 게임 제작자가 '멋지다'라고 말했다는 이유만으로 그는 프로그래머의 길을 택했다. 부모님은 그때까지 성취에 관심 없던 아들이 아주 열정적으로 공부하자 안도했다. 동생은 베트남에서 막 도착했을 때 너무 작고 약해서 각별한 보살핌을 받았지만, 모든 일을 완벽히 해내며 걱정의 대상에서 벗어났다. 사실 그도 충분한 사랑을 받았지만, 마치 그런 적이 없는 것처럼 굴었다. 아니면, 좋은 일보다 상처받은 일을 더 선명하게 기억했다. 하지만 이제 모두 상관없었다! 과거의 자신이 현재 좋은 기분을 망치게 두지 않을 것이다. 새로운 자신에게 최고급 장소를 선물할 차례였다.

인터넷에서 서울의 5성급 호텔을 검색했다. 일전에 비디오 게임 행사 때 고급 호텔에 묵은 적이 있었다. 룸서비스, 타월 워머, 월풀 욕조, 목욕 가운, 슬리퍼, 향기로운 목욕 제품에 무척 흡족했던 기억이 새록새록 떠올랐다. 팀이 삼국 통일 이야기를 들려준 적이 있어 신라 호텔로 결정했다. 그곳에서 옛 자아와 새롭게 떠오른 자아를 통합하고 싶었다. 도심에 있는 호텔에서 스포츠클럽까지 걸어서 고작 30분밖에 걸리지 않았다. 스파 겔랑과 조식·'애프터눈 티'·해피 아워를 모두 무료로 즐길 수 있는 '이그제큐티브 라운지', 그리고 프렌치 레스토랑을 포함한 대형 레스토랑 네 곳이 있었다. 특별한 음식을 먹고 싶으면 곤란할 것 같았지만, 지금은 프랑스 요리를 즐기지 못하는 상황보다 과체중이 더욱 신경 쓰였다. 프랑스가 자신을 입양했다고 생각하면 무언가 이상했다. 오히려 지금 한국이 자신을 입양하는 과정 같았다. 입양이라는 개념 자체에는 정말 어딘가 복잡한 면이 있었다!

그는 자신이 한국인과 달라서 오히려 만족했다. 친절하지만 경쟁적이고, 지나치게 열심히 일하며, 끊임없이 '빨리빨리!'를 외치는 민족에게 어떤 이유로도 완전히 속하고 싶지 않았다.

5
동네

호화로운 궁전에 있을 법한 호텔 침대에서 그는 천사가 된 기분으로 깨어났다. 호텔은 넓은 공원 끝에 있었다. 공원 Parc이라니. 꽤 흔한 원래 자기 성씨인 '박 Park'이 떠올랐다. 한국에서 가장 흔한 성씨에 속했다. 카타르 월드컵 때 김이 김에게 패스하고, 그 김이 또 다른 김에게 공을 넘기던 장면이 아직도 생생했다. 한국에서는 자신을 소개할 때 성(姓)을 먼저 말해서 재미있게도 프랑스인들은 대부분 한국인 이름이 거의 모두 똑같다고 착각한다. 온라인에서 알게 된 한국 출신 입양인들은 이름이 대부분 '김'인데, 양부모가 성을 이름으로 착각하고 좋은 의도에서 그대로 둔 결과였다. 한국에 입양된 프랑스인이 '뒤퐁' 또는 '뒤랑'이라 불린다고 상상하니 웃음이 나왔다.

상상 속에서 헤매는데 누군가가 문을 두드렸다. 평소에 아무도 방해하지 않았기에 문에 '방해 금지' 표시판을 걸어두는 걸 깜빡 잊었다. 너무 외로워서 여호와의 증인이라도 찾아와 이야기를 나눴으면 하고 바란 적도 있었다. 결국 예수는 꽤 괜찮은 히피였고 이타적이며 포도주를 흐르게 할 줄 아는 사람이었으니까!

젊은 직원이 소형 카트를 밀고 들어왔다. 식탁보 아래 숨긴 작은 온장고에서 가볍고 바삭한 베이컨과 함께 베네딕트 에그, 맛있어 보이는 소시지를 꺼냈다. 먹을 수 없는 음식을 앞에 두고 크루아상을 집어 들었지만, 의사의 못마땅한 표정이 떠올라 결국 과일로 만족했다. 녹차 맛에 얼굴을 찌푸렸다. 팀이 이 음료의 장점을 설명하면서 처음에는 싱겁다가 갑자기 쓴맛으로 변한다고 말한 적이 있었다. 구세주나 다름없는 팀을 떠올리며 그는 경건한 마음으로 잔을 들었다.

그는 도장에 달리기보다 거의 날아갔다. 이번에는 속으로 비웃지 않고 데이브에게 정중히 인사했다. 그러자 갑자기 자신이 지루한 사람이 된 것은 아닌지 걱정스러웠다. 그는 완벽한 인간과 거리가 멀었지만, 자신의 자유로운 투덜이 정신을 꽤 좋아했다. 데이브처럼 바보가 되면 어쩌지? 감정을 통제한다는 게 그런 의미라면, 장단점을 신중히 따져봐야 했다. 그러나 곧 자신에게 조금이라도 정상적인 상태는 오히려 비정상적이므로 감정 조절이 도리어 긍정적인 경험이라는 결론에 다다랐다! 팀은 아주 건설적인 사람이었지만, 그래도 함께하기에 꽤 괜찮은 친구였다. 잠깐이라면 팀을 따라 해볼 만했다. 모든 걸 비난하는 데 지쳤다. 특히 발견할까 봐 두려운 것에 대해서는 더욱 그랬다. 마치 무언가 새로운 것을 발견하는 순간부터 이미 그것을 잃게 될 때의 상실감을 미리 겪는 것처럼. 그에게는 사물이 사라지기도 전에 그것을 그리워하는 습관이 있었다. 포르투갈에 입양되는 게 좋았을지도 몰랐다. 사소한 일에도 '사우다드'[2]를 느끼는 사람이었으니까. 사실, 부정적인 일에 대해서만 대개 그랬다.

갑자기 심장이 두근거리고 어지러웠다. 조금 늦게나마 의사가 혈당이 급격히 올랐다가 떨어질 수 있다고 말한 게 생각났다. 모든 게 잘못이었다. 과일을 먹고, 섬유질이 전혀 없는 오렌지 주스를 마시고, 토스트 두 개에 블루베리잼을 듬뿍 발라

2) saudade : 포르투갈어로 깊은 갈망과 애틋한 그리움을 동시에 뜻하는 단어. 포르투갈의 정체성이 담긴 문화적 개념으로 향수보다 더 깊은 감정을 표현한다.

게걸스레 먹어 치웠다. 그렇다, 그는 결국 유혹에 넘어가고 말았다. 거기에 운동까지 해서 상황을 더 악화시켰다.

분명 자신의 질병을 좀 더 제대로 공부할 필요가 있었다. 그동안 태어난 나라에 관심을 쏟느라 바빴지만, 사실 몸을 갉아 먹고 있는 병이 더 좁아도 더 위험한 영역을 차지하고 있었다. 바로 자신의 몸이었다.

그는 도장을 나와 택시를 타고 기사에게 서울에서 가장 큰 서점인 교보문고에 가달라고 부탁했다. 서점에서 숨이 차고 떨리는 상태로 영어로 된 당뇨병 책을 찾았다. 책과 관련 상품, 문구로 가득 찬 광활한 공간에 감탄할 새도 없이 기다려 달라고 부탁한 운전기사에게 급히 돌아갔다.

신라호텔로 돌아온 후 포근한 침대에 누워 잠이 들어 「찰리와 초콜릿 공장」 같으면서도 「이상한 나라의 앨리스」처럼 황당한 세계로 빠져들었다. 달리의 그림처럼 모든 것이 붉은빛 속에서 녹아내렸다. 빵과 햄, 피자가 열리는 나무에서 피가 흘렀다. 달아나다가 새로운 숲에 도착했는데, 이번에는 나뭇가지 끝에 폐, 간, 신장, 심장 등 장기가 매달려 있었다. 공포 속에서 눈을 떴다. 심리학자의 설명 없이도 무의식 속에서 당뇨병이 슬며시 손짓한 것을 알 수 있었다.

몸이 떨렸다. 아픈 줄 알았다가 에어컨이 강풍으로 돌아가고 있다는 걸 깨달았다. 추위란 사치지만, 가난한 사람들은 왜 항상 추위와 싸워야 하는지 이해하기 어려웠다. 리모컨을 집어 들었다. 익숙한 동작에 파리의 아파트가 떠올랐다. 그리고 마침내 시베리아에서 벗어났다.

휴대전화가 울렸다. 마침내 부모님이 용기를 내 안부를 물은 것이다. 무사히 도착했다고 소식 전하는 걸 깜빡 잊고 말았다! 부모님은 신문에 비행기 사고나 실종 뉴스가 없었기에 아들이 무사히 도착했으리라 짐작했다. 아무렇지 않은 척하면서도, 고국을 방문한 그가 어떻게 지내는지 은근히 궁금해했다.

그는 늘 아픔을 감출 때처럼, 듣는 사람의 마음을 편안하게 해주는 목소리를 냈다. 그리고 한국에서 발견한 놀라운 일을 털어 놓았다. 부모님이 불안한 기색을 감추지 못하고 한국에 눌러앉을 생각인지 묻자, 그는 웃으며 물론이라고 답했다. 그리고 곧 부모님께 한국인처럼 존댓말을 쓸지도 모른다고 농담까지 얹었다.

전화를 끊으며 떠올렸다. 가족을 안심시킬 때마다, 정작 마음이 놓이는 쪽은 자기 자신이라는 사실을. 이런 게 바로 쿠에의 자기 암시 요법일까.

전화가 다시 울렸다. 그는 마치 빌 게이츠처럼 중요한 사람이라도 된 듯한 기분이 들었다! 팀이었다. 팀 역시 그가 어떻게 지내는지 알고 싶어 했다. 제일 잘 나가는 케이팝 가수가 전화해도 이보다 기쁘지는 않았을 것이다. 팀은 바비큐 파티에 초대하더니, 먹고 나서 노래방, 즉 한국식 가라오케에 가자고 했다. 그는 차라리 DVD방에서 영화를 보고 싶었지만, 프랑스어 자막이 있는 영화를 찾기는 어려울 것 같았다. 시청 시간 동안 대여할 수 있는 이런 방은 대게 한국 젊은이들이 가족의 집을 벗어나 사적인 시간을 보내기 위한 핑계 역할을 했기 때문이다.

새 친구의 제안이 그다지 내키지는 않았지만, 실망시키고 싶지 않았다. 그는 노래 부를 때 냄비 긁는 소리를 내는 데다, 이런 오락을 유치하다고 여겨왔다. 확실히 이런 재능을 가지고 태어나지 않았다! 스릴러 장르를 비롯한 영화에서 주인공이 노래를 부르는 인상적인 장면이 문득 떠올랐다.

가장 괜찮은 셔츠를 입고 팀과 그의 친구들을 만나러 갔다. 도착하자마자 잘 차려입은 걸 후회했다. 정육점 같은 음식점 안쪽에 둥그런 금속 테이블이 놓여 있었고, 불판에 베이컨

조각이 맛깔스럽게 지글거렸다. 강렬하고 맛있는 냄새가 코를 자극했다. 학생들이 즐겨 먹는 **삼겹살** 바비큐를 처음 먹어보게 됐다. 삼겹살은 말 그대로 '고기 세 겹'이라는 뜻으로, 지방이 살코기 사이에 줄무늬처럼 층을 이루고 있었다. 소주와 신선한 각종 잎채소, 이제는 제법 익숙해진 김치와 함께 즐기는 이 음식이 꽤 마음에 들었다.

여자들이 술을 들이켜는 모습을 보고 있으니 흥이 났다. 나이 많은 사람 앞에서 고개를 옆으로 돌려 술잔을 비우는 모습이 인상적이었다. 담배 연기를 다른 방향으로 멀리 불어 맞은 편 연장자를 배려하는 행동과 비슷했다. 술 마실 때도 예의를 갖추는 나라라니, 호감일 수밖에! 나중에 노래를 부르려면 용기가 필요할 것 같아 한국인이 즐겨 마시는 술을 몇 잔 기울였다. 더구나 팀의 친구들은 대부분 여자라 더욱 용기가 필요했다.

도착해서 악기부터 나눠 들었다. 그의 손에는 낡은 탬버린이 쥐어졌다. 여자들은 소주와 맥주를 주문했고, 한국에서는 음식 없이 술을 마시는 법이 없으니 고추냉이 마요네즈와 고추장을 곁들인 구운 오징어도 함께 주문했다. 음식이 곧바로 나오고, 이어 거대한 과일 접시가 따라왔다. 팀의 표정을 보니 이곳 과일 가격은 유럽의 해산물 값과 비슷한 수준 같았다.

무슨 노래를 부를지 묻자, 그는 마음이 내키지 않아서 키스의 「I Was Made for Lovin' You」를 골랐다. 이 노래는 반주 목록에 없을 테고, 그러면 자신을 내버려 두리라고 확신했다. 그런데 모두 미소 짓더니 노래의 첫 음이 들렸다. 화면에 뜨는 가사를 따라 어쩔 수 없이 노래를 시작했다. 다행히 팀이 그 노래를 알았고 팀의 저음은 꽤 훌륭했다. 반면, 그의 입에서는 가성이 튀어나왔다. 더 잘하려고 노력하다 보니 어느새 흥미가 생겨 결국 꽤 괜찮게 해냈다.

이어서 다른 사람들이 비틀스, 레너드 코헨, 스티비 원더의 히트곡과 한국 노래 몇 곡을 부르는 모습을 지켜봤다. 여자들은 재능이 넘쳤고, 한 명은 프랑스 노래도 불렀다! 어지러울 만큼 춤을 추는 사람들 곁에서 수줍음을 떨쳐내려고 술을 들이켜다 보니 어느새 마이크를 달라고 소리치는 자신을 발견했다! 노래에 재능은 없을지라도 적어도 노래방은 유전자에 취향으로 새겨져 있는지도 몰랐다.

호텔을 나와 나이스투씨유 편의점으로 달려갔다. 한국판 세븐일레븐인 이곳에서 기적의 숙취 해소 음료를 발견했다. 두 손으로 돈을 주고받는 예의는 생략하고 단숨에 들이켰다. 기분이 곧바로 나아졌다. 단순히 위약 효과인지도 모르지만, 아무튼 효과는 확실했다. 그래도 췌장이 걱정됐다. 일단 과부하가 걸리면 제대로 기능하지 못한다는 글을 읽은 기억이 났고, 이미 몹시 약해진 상태일 테니 걱정스러웠다. 어젯밤 취했던 걸 후회했다. 품위도 잃었고, 여자들이 여신처럼 우아하게 노래하는 모습도 제대로 감상하지 못했다.

팀은 직원들이 상사와 함께 술에 취하는 경우가 종종 있다고 말해 주었다. 그런 일은 전적으로 상사의 주도로 일어났다. 윗사람이나 연장자의 술을 거절하는 것은 매우 무례한 태도니까. 그런데 다음 날이 되면 누구도 그 일을 언급하지 않았다. 마치 현실이 아닌 환상 속에서 벌어진 일인 것처럼.

그의 입냄새를 맡은 데이브는 혐오의 표정을 짓고 동작을 연습시켰다. 전혀 예상치 못한 가학적인 표정이었다. 불량 청소년이라도 된 것 같아 묘하게 기분이 좋아졌다. 그는 항상 너무 얌전히, 지나치게 순종적으로 살아왔다. 속은 울렁거렸지만, 반에서 꼴찌가 된 것 같아 미소가 지어졌다. 데이브는 이 속도라면 곧 10단을 딸 수 있을 거라고 했다. 빈정대는 말 같았는데, 시골뜨기 미국인이 그런 아이러니를 구사할 줄 알 거라고 미처 상상하지 못했다.

나중에 팀에게 미국인이 한 말의 뜻을 물었다. 팀은 당황한 기색으로 10단은 사후에 받는 거라고 대답했다. 쓰디쓴 말에 우울해지기는커녕 오히려 의지가 불타올랐다. 다윈주의자인 데이브에게 자신이 살아남은 모습을 반드시 보여주리라 다짐했다.

수업이 끝나면 반드시 셀프 세탁소에 들러 유니폼에서 나는 땀 냄새를 없앴다. 첫날부터 수업이 끝난 뒤에도 도복을 함부로 다루지 말고, 항상 깨끗하게 세탁하고 다림질하고 잘 접어서 가방에 넣어 가지고 다니라는 안내를 받았다. 문득 호텔에서 세탁 서비스를 제공한다는 사실이 떠올라 다행이다 싶었다. 숙소를 바꾼 건 정말 훌륭한 선택이었다! 세탁기가 돌아가는 모습을 지켜보는 것보다 더 지루한 일도 없으니까. 영화에서는 거기에 최면 효과가 있는 것처럼 나오지만, 실제로는 대마초를 피우는 사람에게나 비슷한 효과가 있을 뿐이었다. 게다가 약물은 그의 취향도 아니었다. 오히려 졸음이 오거나 망상에 빠질 뿐. 이미 그는 충분히 편집증이 있기도 했다. 사람들이 만족하는지, 자신을 제대로 이해했는지, 혹은 상대의 기분을 상하게 하지는 않았는지 항상 걱정하는 버릇이 있었다. 너무 많은 공간을 차지하는지 아니면 너무 적게 존재하는지 늘 확신하지 못했다. 고독만이 이런 헛된 생각을 잠재우는 유일한 치료제였다.

수업이 끝나고 나오는데 팀이 주말에 함께 자연으로 떠나는 게 어떤지 물었다. 가까운 산에 가서 산책하면 좋지 않겠냐고, 한국인은 자연을 매우 좋아해서 전국 곳곳에 있는 자연 보호구역을 자주 찾는다고 했다. 버스를 타고 가까운 산에 가서 산장에서 하룻밤 묵자는 계획이었다. 동네를 잠시 벗어나는 것도 나쁘지 않을 것 같아 고개를 끄덕였다. 신기했다. 생긴 지 얼마 안 된 습관인데 금세 익숙해진 데다, 꼭 필요한 것처럼 느껴졌다. 마치 이전에 다른 삶을 살아본 적 없는 것처럼.

금요일 수업이 끝나고 배낭을 싸는데, 마음이 무거워졌다. 야생에서 먹을거리를 충분히 찾을 수 있을지 걱정됐다. 두 시간마다 꼭 뭔가를 입에 넣어야 할 정도로 자주 허기지는 데다, 목도 항상 마르고 밤에는 소변 때문에 자주 깼다. 이런 걱정스러운 증상을 어떻게 해결할지 인터넷을 뒤지다가 어느 책에 나온다는 포도당 혁명 이론을 발견했다. 세상에! 체 게바라의 혁명, 곤도 마리에의 정리 혁명으로도 모자라 이제는 포도당 혁명이라니! 설명을 읽어보니 대충 알 것 같았다. 탄수화물을 섭취하기 전에 섬유질이 풍부한 채소와 단백질을 먼저 먹고, 여기에 지방까지 더해야 한다는 이론이었다. 살을 빼려고 쌀과 감자, 파스타를 끊으려고 했는데, 알고 보니 그게 필요할 뿐 아니라 지방과 함께 먹어야 한다니. 도대체 어떻게 살을 빼야 하는 거지? 포도당이 바로 혈액으로 들어가 혈당이 급격히 오르내리는 걸 막으려면 지방을 먹어야 한다니? 두통이 밀려왔다. 결국, 미니바 위에 있는 선반에서 감자칩 봉지를 발견해 게걸스럽게 비우고 침대에 쓰러졌다.

토요일 아침 팀이 왔을 때, 그는 반쯤 잠든 상태였다. 팀은 아무 말 없이 여행 가방을 마저 챙겨주었다. 아일랜드 사람에게 이렇게 정이 들다니, 혹시 자신이 게이가 아닌지 잠시 의심했다! 하지만 팀은 어머니와 너무 닮아서 연애 감정을 느끼기는 무리였다. 그저 어머니만큼 세심한 사람을 발견했을 뿐이었다. 얼마 전까지만 해도 이런 사람을 만나게 될 거라곤 상상도 못 했는데. 처음엔 여자 중에서 팀과 비슷한 사람을 찾을 수 있기를 바랐지만, 곧 마음을 바꿨다. 오히려 완전히 다른 타입을 만나보고 싶었다. 그러려면 자신감이 더 필요할 것 같았는데, 솔직히 그건 당분간은 불가능해 보였다.

6
도장

환상적인 주말이었다. 팀을 따라 한국에서 가장 아름다운 국립공원인 설악산에 있는 멋진 사찰을 구경했다. 강가의 작은 평상에 앉아 울창한 자연을 감상하며 점심으로 맛있는 생선탕을 먹었다. 그리고 가파른 등산로를 힘겹게 올라 산장에서 하룻밤을 보냈다. 가는 길에 납작한 돌을 쌓아둔 무더기를 여러 개 발견하고, 직접 돌을 쌓으면서 일본의 '사토리'와 비슷한 한국식 깨달음을 체험했다. 황홀한 순간이 마치 계시처럼 느껴졌다. 건강과 평온을 되찾게 해달라고 어느새 하늘에 기도하고 있었다. 앞으로의 삶이 지난 시간과는 다를 것을 알았지만, 더는 그런 생각 때문에 불안하지 않았다. 도움을 간청한 사실보다 한 번이라도 자신을 위해 기도했다는 사실이 더 놀라웠다. 어느 때보다도 많이 달라져서 서울에 돌아왔다. 지긋지긋한 병을 반드시 이겨내겠다는 강한 의지가 마음에 가득 찼다.

훈련장에 30분이나 일찍 도착해 신성한 갑옷을 걸치듯 도복을 입었다. 새 게임이 출시될 때만 느끼는 열정 속에서 몸을 풀기 시작했다. 데이브가 강조하던 육체 단련과 정신 수양에 자신을 온전히 바치리라 다짐했다. 사실 데이브는 정신적으로 좀 단순한 사람이었지만, 그건 아무래도 상관없었다. 다리 기술과 뛰어차기를 완벽하게 배우고, 나무판자를 격파하고 띠를 따고, 어쩌면 유단자도 될 수 있지 않을까?

들떠 날뛰는 그의 모습을 보고 데이브가 진정하라고 했다. 지금 수련하는 무술은 무엇보다 자기 통제가 기본이라는 말에 희망으로 부풀었던 마음이 바람 빠진 풍선처럼 순식간에 쪼그라들었다. 팀이 이 모습을 지켜보고 윙크를 보냈다. '멍청이 데이브는 신경 쓰지 마, 태권도 수련장에는 이런 바보가 수두룩하니까!'라고 말하는 것 같았다. 문득 영화 「가라데 키드」의 주인공이라도 된 기분이었다. 무술의 비밀을 어렵사리 배워가는 겸손한 작은 딱정벌레가 되어, 첫 번째 통과의례로 일리노이 출신 시골뜨기 바보를 스승으로 인정해야 했다. 스승은 머리가 아니라 땀으로 배운다는 말만을 아까부터 계속해서 반복하고 있었다.

호랑이 기운이 넘쳤지만, 하필 그날은 방어술을 배우는 날이었다. 맞고 버티는 쪽이 성향에 더 잘 맞았지만 그래도 한 방 먹이는 방법을 배우고 싶었다. 상대의 약점을 어떻게 노려야 하는지 가르쳐줄 때 좀 더 집중해야 했는데. 화려한 발차기를 선보이고 싶은 마음이 간절했지만, 지금은 손으로 방어하는 기술을 익혀야 했다.

탈의실에서 팀이 진짜 끝내주는 곳에 같이 가자고 했다. 낡은 아타리 스웨터가 꽤 근사할 것 같은 장소에 어울리지 않을까 봐 옷을 갈아입고 가야 할지 물었지만, 그대로 딱 좋다는 대답이 돌아왔다.

택시를 타고 팀은 기사에게 노량진 시장으로 가자고 했다. 서울에 대형 시장이 두 군데 있다고 했는데, 방금 들은 이름은 매우 낯설었다. 쇼핑하는 여자들을 구경하는 것 말고는 지루하기만 하던 명동보다 나은 곳이길 기대했다! 현대나 LG, 삼성 같은 재벌과 거대 기업을 더 부유하게 하려고 한국을 찾은 건 절대 아니니까!

두 사람은 아시아에서 손꼽히는 대형 수산시장 앞에 도착했다. 새벽에는 랩 배틀을 하듯 경매가 벌어진다고 했다. 팀은 비싼 값을 치르고 푸른 새우 두 마리를 샀다. 거대한 공간을 가득 메운 수조 중 하나에서 싱싱한 가리비도 골랐다. 성게와 선홍빛 도미도 사고 나서 그의 팔을 잡아끌어 다른 층으로 향했다. 그곳에는 많은 한국인이 낮은 테이블 앞에 앉아 음식을 잔뜩 차려 먹고 있었다. 아일랜드인은 한 아줌마와 이야기를 나누더니 수산물을 맡겼고, 얼마 후 맛있게 조리되어 나왔다. 성게는 정말 신선해서 손질 후에도 여전히 꿈틀거리고 있었다. 얇게 썬 회를 빨간 소스에 찍어 먹으니 순식간에 행복해졌다. 고추냉이와 간장을 섞은 소스에도 찍어 먹었다. 정말이지, 팀은 그에게 신이었다!

드디어 발차기 기술을 연습하는 날이 왔다. 아쉽게도 데이브와 함께 하는 게 아니라, 반응 속도와 동작 정확도를 향상할 때 사용하는 타격용 패드와 연습해야 했다. 조금 다르게 시도해 보고 싶었지만, 데이브는 초보자를 위해 연습 도구를 들어줄 마음이 조금도 없었다.

그는 결의를 보여주려고 '탁' 소리가 날 만큼 최대한 세게 발을 날렸다. 소리는 그다지 크지 않았지만, 같은 타격을 빠르게 연결하고 다양한 발차기 기술을 시도해 만회했다. 제대로 된 연속 동작을 배우려면 아직 더 연습해야 했다. 하지만 발등과 발날, 발뒤꿈치를 이처럼 명확하게 구분해 보기는 처음이었다. 곧 췌장 전문가나 족부 전문가, 둘 중 하나는 될 수 있을 것 같았다.

진짜 나무판을 격파할 기회는 없어 약간 실망했다. 인터넷에 나오는 시범은 훨씬 더 멋져 보였다. 다섯 가지 격파 기술 중에서도 돌려차기가 가장 인상 깊었다.

도장을 나서면서 휴양지 리조트의 직원만큼이나 친절을 베풀 줄 아는 팀이 이번에는 리움 삼성미술관에 가자고 했다. 기술 박물관을 둘러볼 생각에 한껏 신났는데, 알고 보니 대기업 삼성의 이전 회장이 수집한 컬렉션을 전시하는 곳이었다. 건물 세 채를 각각 예술, 문화, 연구에 헌정했다. 건물을 설계한 건축가는 모두 유명하다고 했는데, 이름이 낯설었다. 스위스의 마리오 보타, 프랑스의 장 누벨, 네덜란드의 렘 콜하스가 그 주인공이었다. 파리의 아랍문화원과 케 브랑리 박물관을 설계한 바로 그 건축가가 장 누벨이라는 사실이 뒤늦게 생각났다.

정원에는 미래적인 조각품들이 위용을 자랑하고 있었다. 어쩌면 미술관 방문이 예상보다 재미있을지도 모른다는 기대가 일었다! 첫 번째 건물은 금고처럼 빛을 차단하도록 설계되어 있었다. 건축가 보타가 은행도 지었다는 사실이 조금도 놀랍지 않았다! 여기서는 고대 예술품과 공예품을 전시하고 있었는데, 솔직히 예술과 공예의 차이를 이해하기 어려웠다. 화려한 금세공품을 지나 서예 작품을 좀 더 흥미롭게 감상했다. 우아한 백자를 보고, 이어서 청자를 마주한 순간 어머니의 눈동자가 떠올랐다. 부모님께 이 아름다운 작품의 복제품을 꼭 하나 사다 드리기로 했다.

유리와 녹슨 강철이 아름답게 조화를 이룬 건물에서는 마우리치오 카텔란 특별전이 열리고 있었다. 그는 전시에 완전히 빠져들고 말았다. 기도하는 소년 조각상을 감상하다가 정면에서 보니 얼굴이 히틀러를 닮아 있었다. 거대한 바위에 짓눌린 요한 바오로 2세, 거꾸로 매달린 경찰관, 공중에 매달린 사람, 구멍에서 빠져나오는 사람, 냉장고 안에 웅크린 사람, 까마귀 떼. 모든 작품은 믿기 어려울 만큼 사실적이었다. 이렇게 재미있는 그는 작품으로 누군가가 부자가 된다면, 세상은 아직 그리 절망적이지 않다고, 팀에게 말했다!

밀려온 감정의 홍수에 지친 나머지 직사각형 유리 건물까지 돌아볼 여력이 없었다. 검은 콘크리트와 탁 트인 공간이 미학적으로 조화를 이룬 그곳은 삼성 어린이 교육 문화 센터라고 했다.

호텔로 돌아가는 길에 PC방이라는 인터넷 카페 앞을 지나

쳤다. 한국은 게이머의 천국이자 세계에서 인터넷 속도가 가장 빠른 나라이기에, 즐거운 마음으로 안으로 들어갔다. 하지만 화면에서 눈을 떼지 않고 즉석 라면을 먹거나 등 마사지를 받는 좀비 같은 사람들을 보고, 그들과 자신을 동일시하지 못했다. 더는 그럴 수 없었다. 예상과 달리 이 우울한 성전에서 황급히 빠져나왔다. 당뇨병이 찾아오지 않았더라면, 자신도 간장 얼룩이 묻은 티셔츠를 입은 저 좀비들처럼 되었을지 모를 일이었다.

별로 자랑스럽지 않은 방문기를 팀에게 털어놓자, 팀은 한국 정부가 게임 중독 치료 캠프와 전문 클리닉 개설을 전폭적으로 지원하는 중이라고 말해 주었다. 심지어 16세 미만에게는 밤에 인터넷 접속이 차단된다고 했다. 그 얘기를 듣자, 화려한 불빛으로 가득한 서울이 갑자기 거대한 중독자 수용소처럼 보였다.

어디서나 들려오는 BTS의 히트곡을 흥얼거리며 기운차게 도장에 도착했다. 말도 안 되는 맛을 자랑하는 아메리카노를 머그잔에 주는 곳이 아닌, 진짜 이탈리아 커피를 맛볼 수 있는 카페를 마침내 찾았다.

유연성과 지구력 훈련을 하고 나서 첫 상대를 날카롭게 바라보며 인사를 나눴다. 제대로 한 판 붙어볼 작정이었다. 하지만 배운 내용을 깡그리 잊고 두 다리에 체중을 제대로 분산하지 않은 탓에 무게 중심이 흔들리고 말았다. 클럽에 얼마 없는 한국인인 통통한 안경잡이의 발차기를 맞고 그만 고꾸라졌다. 상대는 자신이 어리다며 그에게 계속 형이라고 부르던 사람이었다. 앞으로 손을 뻗어 몸을 지탱해 보려 했지만 소용없었다. 결국 쓰러지면서 오른쪽 손목이 꺾이고 말았다. 끔찍한 통증에 본능적으로 비명이 터져 나왔다. 모두가 놀란 눈으로 바라보는 가운데, 팀이 재빨리 달려와 고통에 일그러진 표정을 확인하고는 즉시 가장 가까운 병원으로 그를 데려갔다.

의사가 단순 염좌이기는 해도 부목을 대고 손목을 고정해야 한다고 영어로 설명했다. 전문가 소견이 이어지는 동안 그는 발아래 땅이 무너지는 것 같았다. 온몸이 떨리기 시작해 결국 진통제를 처방하기 전에 진정제 주사부터 맞아야 했다.

팀은 무거운 침묵 속에서 그를 호텔까지 데려다줬다. 태권도 연수는 여기가 끝이고, 그의 여행도 마찬가지라는 사실을 두 사람 모두 알고 있었다. 이 문제를 조심스레 에둘러 말하다가 결국 그가 현실적인 의견을 내놓았다. 오른손을 움직일 수 없어 일상생활도 어려우니 내일 당장 프랑스로 돌아가겠다고. 두 사람은 신라 호텔 레스토랑에서 마지막 저녁을 함께하기로 했다.

비즈니스 클래스 티켓은 쉽게 구할 수 있었다. 내일 팀이 공항까지 데려다주고, 친구의 유니폼을 클럽에 반납한 뒤, 데이브에게 사고 소식을 전하기로 했다.

서울을 내려다보며 두 사람은 고급 프렌치 레스토랑에서 만찬을 즐겼다. 그는 이미 어딘가 중간에 떠 있는 기분이 들었다. 어느새 삶의 전부가 되어 버린 팀이 몹시 그리울 것 같아 가슴이 먹먹했다. 뫼르소 와인을 마구 들이켜며 우울을 떨쳐 보려 했다. 아일랜드인에게 오세트라 캐비아를 권하자, 팀은 한술 뜨더니 처음 맛보는 음식에 홀딱 반해버렸다. 메뉴에 치즈가 없어 아쉬웠지만, 부모님 집에 가면 실컷 먹을 수 있을 테니 괜찮았다. 어머니는 회복할 동안 고향에서 머물겠다는 소식에 무척 기뻐했다. 물론 염좌 회복이라는 말이지, 당뇨병 이야기는 아니었다!

객실에 돌아와 짧은 한국 체류를 돌이켜 보았다. 태권도 훈련으로 반사 신경도, 동작의 정확성도, 협응력도, 더욱이 균형 감각도 제대로 향상시키지 못했다. 결과가 썩 좋지 않았지만, 적어도 한국어로 하나부터 열까지 세는 법은 배웠다.

침대에서 별이 빛나는 밤하늘을 올려다보며 다시 신을 떠올렸다. 당뇨병을 치유할 수 있게 도와달라고 간절히 기도했다. 발이나 다리를 절단하거나, 시력을 잃거나, 정신이 혼미해

지거나, 심장마비로 죽고 싶지 않았다. 문득 신은 하루 종일 대체 뭘 하며 시간을 보낼지 궁금해졌다. 답을 찾을 수 없었다. 인간을 지켜보고, 심판하고, 어쩌다 한 번씩 용서도 하면서 하루를 보내려나? 아주 가끔씩 기적을 일으키는 존재에게 자신의 운명을 맡길 수 없었다. 차라리 주치의 알릭스 리비에르 박사가 훨씬 더 믿음직했다.

시선을 아래로 향해 도시를 내려다보았다. 세계에서 자살률이 가장 높은 한국에서 지금 당장 허공에 몸을 던져버리면 어떨까 싶었다. 누가 그를 그리워할까? 죽음을 비난으로 받아들이고, 좋은 양부모가 되지 못했다는 증거로 여길 부모님? 모두에게 다정한 팀? 자기밖에 모르는 동생? 이런 생각을 하다가 갑자기 모든 것이 우습게 느껴졌다. 자신의 절망은 한국인의 절망과 비교하면 아무것도 아니었다. 한국인은 여러 세대에 걸쳐 모두 엄청난 실망과 실패, 심지어 치욕까지 경험했다. 그는 눈에 띄는 성취도 없었지만, 그만큼 큰 야망도 없었기에 잃은 것도 없었다. 자살한다면 그건 순전히 개인 행위일 뿐이었다. 삶에 대한 일종의 무기력의 표현. 하지만 이 게으름을 끝내기에 그는 너무도 게을렀다.

7
몸

에티하드 항공기가 서해를 지나는 동안, 그는 쓰라린 후회에 잠겼다. 당뇨병이 출국할 때와 같은 상태일지, 아니면 상태가 더 나빠졌을지 확신할 수 없었다. 귀국하면 마약 중독자처럼 손가락 끝을 여기저기 찔러 혈당을 체크하고, 약을 먹다가 결국엔 인슐린 주사까지 맞게 될지도 몰랐다. 저혈당과 고혈당을 구분하지 못해 치명적인 실수를 저지를까 두려웠다.

이제야 사는 맛을 알게 되어 죽음이 두려워졌다. 만약 밤중에 저혈당 혼수상태에 빠진다면? 늘 혼자 자기에 그를 깨워서 글루카곤을 투여해 줄 사람도 없었다. 매일 밤 어머니가 그의 생사를 확인할 수 있게 부모님 집으로 들어간다는 것은 상상조차 할 수 없었다.

돌아갈 생각만 해도 괴로웠다. 떠날 때보다 더 우울해진 기분이었다. 같은 문제를 안고 돌아갈 뿐 아니라, 일종의 낙원을 잃은 것 같아 더욱 슬펐다. 살면서 큰 기쁨을 누려본 적 없었기에, 지금 자신을 집어삼키는 이 완전한 상실감 역시 처음이었다. 이전의 삶은 대체로 무미건조했다. 가족의 사랑은 당연하다고 여겼고, 그 밖의 깊은 관계는 외면한 채 그저 하루하루를 버티며 살아왔다. 그런데 감각적이고 향기로운 세상을 경험하고 나니, 이제 비디오 게임은 생기와 질감이 부족해 보였다.

살면서 처음 만난 진정한 친구와 함께 대도시에서 풍요로운 삶을 맛보고, 이제 존재감 없는 뚱뚱한 껍데기로 돌아가는 것 같은 기분이 들었다. '인생 없는 사람'으로 다시 돌아가고 있었다.

아직 경험하지 못한 게 너무 많았다. 대표적으로 찜질방이 있었다. 24시간 운영되는 대형 목욕 시설로, 다양한 서비스와 오락을 즐길 수 있을 뿐 아니라, 때로는 배낭여행자나 노숙자가 머무는 피난처가 되기도 한다고 들었다. 용산 게임 상가에도 가보지 못했다. 서울 남쪽의 새로운 실리콘밸리로 불리는 송도 스마트시티도 꼭 방문해 보고 싶었다. 그곳은 첨단 기술 중심의 비즈니스 센터로 기후 기금과 여러 대학 캠퍼스가 있는, 처음부터 정교하게 설계된 디지털 생태 유토피아였다. 테크 덕후의 가장 황당무계한 꿈조차 가볍게 뛰어넘는 세상이었다. 단순한 가정 자동화를 넘어 모든 게 연결되어 있었다. 음성이나 얼굴 인식으로 문이 열려 열쇠가 필요 없고, 냉장고는 식품의 유통기한이나 디저트의 높은 칼로리를 알려줄 뿐 아니라 체중계와 운동 기구까지 서로 연동됐다. 모든 가전제품은 주인의 생활 방식에 맞춰 작동하도록 프로그래밍되어 있었다. 심지어 분리 수거된 쓰레기를 지하 파이프라인으로 직접 배출하는 시스템까지 갖추어져 있었다! 그 섬은 정말 안전했다. 미세먼지가 심한 날이면 알림이 오고, 그대로 집에 머물면 됐다. 그곳에 살았더라면, 수치가 조금이라도 불안할 때마다 핑계도 필요 없이 집에 틀어박혀 있었을 것이다. 하지만... 이제 그는 달라졌다!

줄리엣 모리요의 『100가지 질문으로 보는 대한민국, 탁월함의 폭정』에서 읽은 이중적인 묘사는 흥미롭기보다 오히려 압박으로 다가왔다. 그럼에도 개를 복제할 권리를 손에 넣은 이 민족이 기술 분야에서 어떤 성과를 이루었는지 직접 확인해 보고 싶었다. 불안해하면서도 빠져들어 「블레이드 러너」를 봤을 때처럼, 그는 미래적인 동시에 실재하는 세계를 바라보았을 것이다.

확실히, 한국에 다시 가야만 했다. 게다가 아직 친가족을 찾아보려는 시도조차 하지 않았다. 생물학적 부모와의 만남은 실패로 끝날 확률이 높겠지만, 적어도 사랑 대신 물려준 병력에 관한 정보는 얻을 수 있지 않을까. 그들을 탓하고 싶은 마음은 그리 크지 않았다. 그는 지금의 부모님과 동생 올리비에를 사랑했다. 물론, 가끔은 올리비에의 과거가 더 단순하다는 이유로 질투가 나기도 했지만. 올리비에는 생후 다섯 달 무렵 베트남에서 왔다. 한국인으로서의 정체성을 고민하기 시작한 후로 그는 오히려 예전보다 더 자신이 프랑스인처럼 느껴졌다.

파리 루아시 공항에서는 함께 포즈를 취하고 사진을 찍어 이메일로 보내주거나, 단순히 길을 안내해 주는 로봇을 더는 볼 수 없었다. 그는 인천공항에서 마주친 아름다운 대한항공 승무원들을 떠올렸다. 하늘색 정장을 입고, 가냘픈 목에 스카프를 우아하게 두르고, 단정한 쪽머리를 한 모습을 떠올렸다. 한국과 한국의 미학이 벌써 그리웠다. 코주부와 대머리, 배불뚝이라니. 여기 혹시 중세 시대인가?

비행기를 타기 직전, 주치의와 약속을 잡는 데 성공했다. 측은했던 걸까. 의사가 진료 시간을 조금 연장해 준 덕분에 다음 날 만나기로 했던 것이다. 그는 임무에 실패해 꽤 낙담한 상태로 진료실에 도착했다. 알릭스 리비에르 박사는 환자의 상태에 크게 동요하지 않고 간호사를 불러 손가락 끝을 찌르고 당화혈색소 수치를 측정하게 했다. 얼마 후면 결과가 나올 터였다. 적어도 이제 상황을 명확히 파악하고 정확한 정보를 바탕으로 상담할 수 있게 됐다.

두려운 마음으로 결과를 기다리는 동안, 의사는 체중계에 올라가 보라고 했다. 진단받은 지 한 달도 채 지나지 않았기에 그는 아무것도 기대하지 않았다. 그런데 의사는 미소 지으며 그가 7킬로그램이나 감량했다고 알려 주었다. 당뇨병 환자가 생활 습관을 바꾸기 시작할 때 체중이 줄어드는 것은 흔한 일이었지만, 그래도 격려가 됐다.

간호사가 돌아와 혈액 검사 결과를 전달했다. 의사는 당화혈색소가 8%에서 6.9%로 떨어졌으며, 이대로 계속 호전된다면 약을 먹지 않아도 될 거라고 했다. 그는 멍해졌다. 술을 마시고 폭식도 했는데 어떻게 체중이 줄고 혈당 수치가 떨어진 걸까? 파리에서는 앉아서 하루를 보냈다. 무기력하게 도넛과 샌드위치, 그 밖에 갖가지 탄수화물을 잔뜩 먹어 치우면서. 데이브에게 인내심 말고 아무것도 배우지 못했지만, 팀과 함께 서울 곳곳을 돌아다니고 국립공원에도 갔다. 많이 먹었어도, 식탁은 고기와 생선, 갖가지 채소로 가득했다. 쌀이나 국수는 먹지 않도록 조심했다. 몇몇 소스와 과일, 그리고 참지 못하고 먹은 감자칩을 제외하면, 단순당이든 복합당이든 당분은 거의 섭취하지 않았다.

리비에르 박사는 당뇨병에는 완치가 없으니 되도록 평화롭게 함께 살아가는 법을 배워야 한다고 설명했다. 또한 지금처럼 좋은 방향으로 계속 나아가되 과도한 책임에 짓눌리거나, 혹시 또 수치가 오르더라도 지나치게 자책하지 말라고 했다. 그는 운동과 적절한 식단, 몇 가지 즐거움을 통해 당뇨를 잘 관리할 생활 방식을 찾아냈던 것이다. 의사는 혈당을 더 낮추는 데 도움이 될 거라며 제시 인차우스페의 책을 추천했다. 당뇨병 환자뿐 아니라 혈당 스파이크를 피하고 싶은 모두 이를 위한 조언이 가득 들어 있는 책이라고 했다. 식사할 때 음식을 먹는 올바른 순서나, 식사 전에 사과 식초를 마시는 것과 같은 방법이 나와 있다고. 그는 슬며시 웃었다. 잘된 일이었다. 그는 바로 사과의 고장, 노르망디 출신이었으니까!

동네 서점에서 책을 쉽게 찾을 수 있었다. 예전에 한 번 보고 우스워하던, 바로 그 포도당 혁명을 주장하는 책이었다. 부적이라도 되듯이 책을 집어 들었다. 처음 본 순간을 떠올리며

베스트셀러를 샀다. 어머니가 짐 싸는 것을 돕겠다며 사랑을 가득 안고 기차로 파리에 왔지만, 아일랜드인 친구의 빈자리가 여전히 몹시 크게 느껴졌다. 함께 이야기를 나눌 사람이 사라지자, 그동안의 모험이 점점 비현실적으로 물들어 갔다.

마치 그곳에서 성장하지 않은 사람처럼, 그는 루앙으로 향했다. 부모님이 사는 오래된 목조 주택에 짐을 풀고, 정원을 한 바퀴 둘러보았다. 어릴 적 꽃밭에서 넘어져 팔과 다리를 가시에 찔리고 난 뒤 장미를 싫어하게 되었는데, 이제는 장미향을 즐기는 자신에게 놀랐다.

다음 날, 의외로 즐겁게 비좁은 거리를 거닐었다. 학창 시절 견학할 때는 조금도 흥미를 느끼지 못한 코르네유의 집과 플로베르의 집을 다시 방문하고 싶어졌다. 그저 팀에게 이야기해 주기 위해서였다. 팀은 언젠가 그의 고향처럼 푸르고 날씨가 비슷한 노르망디를 방문하겠다고 약속했다.

새로운 시선으로 도시를 관찰했다. 친구가 좋아할 박물관과 공연장, 극장이 곳곳에 있고, 팀이 탐닉하는 재즈를 들으며 맥주를 마시기 좋은 카페도 많았다.

미술관에 들어가 다양한 시대의 많은 그림을 감상했다. 늘 촌구석으로 여기던 고향에 이렇게 아름다운 보물이 가득 있으리라고는 상상하지 못했다. 알고 보니 이곳은 프랑스의 중요한 미술관이었다. 그는 오랫동안 경시해 온 지난날을 생각하다가, 어머니의 정원에 있는 진짜 꽃보다 더 아름다운 꽃으로 가득한 그림을 여러 점 발견했다. 자신이 이제 예술을 즐기게 되어 그림을 좋아하는 건지, 아니면 단순히 그림이 예술을 좋아하는 친구를 떠올리게 해서 좋은 건지 문득 궁금했다.

루앙이 미식 덕분에 유네스코 창의도시로 선정된 점도 자랑스러웠다. 세상에서 제일 맛있는 노르망디 굴과 카망베르, 리바로, 퐁레베크, 뇌샤텔 같은 프랑스 지역 치즈를 팀에게 맛보이고 싶었다. 이런 진미 앞에서 친구가 코를 움켜쥘 거라 상상하니 벌써 웃음이 나왔다. 트리프[3]나 앙두이 드 비르[4] 같은 음식은 누구나 좋아하기가 다소 어렵기에 권하지 않을 참이었다. 최고급 칼바도스[5] 한 잔으로 가장 좋아하는 빨간 머리 친구와 함께 우정을 위해 건배하며, 현재의 식단을 조금 확장해 보

3) tripes : 소의 내장.

4) andouille de Vire : 돼지 내장으로 만든 노르망디 지역 전통 소시지.

5) calvados : 노르망디 지역 프리미엄 증류주.

면 좋을 것 같았다.

용감한 탐험가처럼 그는 한국에서의 모험을 동생과 부모님에게 들려주었다. 가족들은 스페인에서 너무 다른 현지 풍습에 지루해하던 것과 달리, 한국의 이국적인 면에 오히려 감탄했다. 그는 살짝 과장하기도 했다. 비록 여행은 처참하게 끝났지만, 이제 2D만큼 3D 경험도 즐길 수 있게 됐다.

지글지글 익던 양념 숯불갈비와 소주 이야기에 한창 열을 올리던 중, 팀에게 문자가 왔다. 팀은 두 달 후 더블린으로 돌아갈 예정이라는 말과 함께, 운동으로 헐링[6]을 같이 하자며 그를 아일랜드에 초대했다. 문자 끝에는 이모티콘이 잔뜩 붙어 있었는데, 검지와 엄지를 교차시킨 모양도 있었다. 부모님은 친구가 왜 금전 표시를 보냈는지 물었다. 아들의 머리를 온통 차지하는 사람을 약간 의심하는 눈치였다. 그는 자신이 처음 그 제스처를 봤을 때처럼 가족들이 오해하고 있다고 설명했다. 한국인은 이제 두 손으로 하트를 만드는 대신, 한 손의 두 손가락 첫마디를 교차해 작은 하트를 만든다고 덧붙였다. 가

6) hurling : 하키처럼 스틱으로 공을 쳐서 골에 넣는 아일랜드 전통 국민 스포츠.

족들이 하트 제스처를 연습하는 모습을 보며, 그는 생각했다. 영어는 조금만 연습해도 그리 나쁘지 않을 테고, 팀이 서쪽으로 돌아오기 전에 손목도 다 나을 것이라고.

어린 시절을 보낸 방에서 스필버그와 베송의 영화 포스터에 둘러싸여 그는 인터넷으로 검색한 아일랜드의 아름다운 풍경에 빠져들었다. 마치 톨킨의 소설에서 튀어나온 듯한 장엄한 절벽, 야생초가 무성한 들판, 초가지붕 집을 감상했다. 친구와 함께 세상을 천 번이라도 새롭게 이야기할 수 있을 펍이 아주 많다는 사실도 기쁘게 확인했다. 그때까지 열심히 운동하기로 마음먹었다. 팀의 고향에서 숨이 턱에 차 힘들어하고 싶지 않았다.

모두 잘 알다시피, 소설은 팀워크의 결실입니다. 작품을 쓰는 동안 도움을 받은 많은 분께 감사의 마음을 전하고 싶습니다. 먼저, 한국에 대한 깊은 이해로 귀중한 조언을 아끼지 않은 이렌 남, 로맹 에느캥, 샤를로트 모랭, 박찬원, 장클로드 드 크레센조 편집자에게 깊이 감사드립니다.

서울 태권도 국기원 세계본부에서 보여주신 환대는 잊을 수 없는 추억으로 남아 있습니다. 한국 여행길에 함께해 준 소중한 친구, 사진작가 카린 보쟁과 저를 따뜻하게 맞아준 모든 분께 감사드립니다.

당뇨병 관련 내용을 세심하게 살피고 정확한 묘사를 위해 도움을 준 베네딕트 드 칼베르마텐 박사께도 진심으로 감사의 말을 전합니다.

언제나 깊이 있는 조언을 아끼지 않은 크리스토프 리보와 섬세한 감각과 남다른 문학적 감수성으로 큰 힘이 되어준 아니세 빌맹에게 마음 깊이 감사드립니다.

저의 재능을 믿고 작품마다 성장할 수 있도록 이끌어준 주세페 메로네 편집자와 로랑스 말레 편집자, 그리고 꼼꼼히 교정 작업을 해준 에마뉘엘 나르주에게 진심으로 감사드립니다.

이 자리를 빌려 한국 관련 에세이를 쓴 벤자맹 주아노, 세바스티앙 팔레티, 쥘리엣 모리요, 안-클레르 뒤발에게도 감사드립니다. 덕분에 소중한 영감을 얻을 수 있었습니다. 또한 마탱 캄 출판사에서 환상적인 소설을 출간한 피에르 비지우에게도 감사의 마음을 전합니다.

라 팍토리와 발리크 농장의 모든 분께도 진심으로 감사드립니다. 정말 따뜻하고 감동적인 환대를 받았습니다!

문학적 교류와 창작의 열정을 이어 나갈 수 있게 도와준 문학 행사 기획자 닌 시몽과 상드린 부르주아-상주, 알릭스 빌렌에게도 감사드립니다. 또한 제 작품이 고국의 독자와 만날 수 있게 해준 한국의 김문영 편집자에게도 특별히 감사의 마음을 전합니다.

친구와 가족, 많은 분의 응원과 격려, 사랑이 없었다면 이 모든 과정이 불가능했을 것입니다!

마지막으로 모든 작가 동료, 편집자, 잡지 편집장, 기자, 블

로거, 문화계 관계자, 헌신적인 서점 주인, 그리고 한결같이 응원해 주신 독자 여러분께 말로 전부 표현할 수 없는 깊은 감사의 마음을 전합니다!

메이드 인 코리아

1판 1쇄 발행일 2025년 10월 31일

글쓴이 | 로르 미현 크로제
옮긴이 | 김모
펴낸이 | 김문영
펴낸곳 | 이숲
등록 | 2008년 3월 28일 제2020-000067호
주소 | 경기도 파주시 산남로107번길 86-17
전화 | 031-947-5580
팩스 | 02-6442-5581
홈페이지 | http://www.esoope.com
페이스북 | http://www.facebook.com/EsoopPublishing
인스타그램 | @esoop_publishing
Email | esoope@naver.com
ISBN | 979-11-91131-95-6 04890
979-11-91131-93-2 04890(세트)